Красавицы

契诃夫小说选集

А. ЧЕХОВ

美人集

〔俄〕契诃夫 著

汝龙 译

人民文学出版社
PEOPLE'S LITERATURE PUBLISHING HOUSE

图书在版编目（CIP）数据

契诃夫小说选集. 美人集／（俄罗斯）契诃夫著；汝龙译. —北京：人民文学出版社，2021
ISBN 978-7-02-012948-5

Ⅰ.①契… Ⅱ.①契…②汝… Ⅲ.①短篇小说—小说集—俄罗斯—近代 Ⅳ.①I512.44

中国版本图书馆CIP数据核字（2017）第134307号

策划编辑	张福生
责任编辑	李丹丹
装帧设计	刘　静
责任印制	王重艺

出版发行	人民文学出版社
社　　址	北京市朝内大街166号
邮政编码	100705
网　　址	http://www.rw-cn.com
印　　刷	三河市博文印刷有限公司
经　　销	全国新华书店等
字　　数	85千字
开　　本	787毫米×1092毫米　1/32
印　　张	7
印　　数	1—3000
版　　次	2021年4月北京第1版
印　　次	2021年4月第1次印刷
书　　号	978-7-02-012948-5
定　　价	29.00元

如有印装质量问题，请与本社图书销售中心调换。电话：010-65233595

目　次

美人 …………………………………………… 1

洛希尔的提琴 ………………………………… 19

在庄园里 ……………………………………… 40

花匠头目的故事 ……………………………… 58

香槟 …………………………………………… 69

某小姐的故事 ………………………………… 82

邂逅 …………………………………………… 92

在法庭上 ……………………………………… 119

在邮局里 ……………………………………… 134

生活是美好的！ ……………………………… 138

白嘴鸦 ………………………………………… 142

契诃夫小说选集

纠纷 ………………………… 146

犯法 ………………………… 185

悲剧演员 ……………………… 196

江鳕 ………………………… 205

美　人

一

我记得当初我还是中学五六年级学生的时候,有一回跟我爷爷一块儿坐车从顿河区的大克烈普科耶村到顿河畔的罗斯托夫城去。那是八月里一个炎热的白昼,叫人烦闷得难受。骄阳似火,干燥的热风把一股股尘土向我们迎面刮来,弄得我们的眼皮粘在一块儿,嘴里发干,既不想观赏风景,也不想谈话,更不想思考了。每逢睡意蒙眬的车夫乌克兰人卡尔波扬鞭打马,鞭梢碰到我的制帽,我总是既不抗议,也不出声,只是从昏睡中醒过来,无精打采而又温和地瞧着远方,隔着尘烟看一看有没有村子。为了喂马,我们在亚美尼亚人的一个名叫巴赫契-萨里的大村子里,在爷爷认识的一个富裕的亚美尼亚人家中停下来。我生平从没见过什么人比这个亚美尼亚人更滑稽。请您想象一个小小的、剃光的脑袋,脸上生着两道倒挂下来的浓眉、一个鸟鼻子、两撇又长又白的唇髭、一张宽阔的嘴,嘴里叼着一根樱桃木做的长烟管。那个小脑袋胡乱地粘在一个消瘦而伛偻的身体上,身上穿一套稀奇古怪的衣服:上身是一件短短的红褂子,下身是一条蓝得耀眼的肥裤子;走起路来叉开腿,脚上趿一双拖鞋。他说话的时候并不取下嘴里的长烟管,一举一动带着纯粹亚美尼亚人的尊严:脸上没有笑容,瞪起眼睛,极力不去注意他的客人。

这个亚美尼亚人的房间里既没有风,也没有尘土,不过仍旧像草原上和大道上那样使人感到不舒服,闷热,无聊。我记得我满身尘土,热得四肢无力,坐在墙角一口绿色的箱子上。没上油漆的木墙、家具、涂过赭石的地板,发出被太阳晒热的干木料的气味。不管往哪儿看,到处都是苍蝇,苍蝇,苍蝇。……爷爷和那个亚美尼亚人低声谈着放牧,谈着牧场,谈着绵羊。……我知道他们要花整整一个钟头才能烧好茶炊,爷爷喝茶也总得喝它一个钟头,然后再躺下来睡上两三个钟头,因此我得用这一天的四分之一时间来等他,这以后就又是炎热、尘土、颠簸的大板车。我听着那两个人嘟嘟哝哝的说话声,开始觉得那个亚美尼亚人、那个放着碗盏的食具柜、那些苍蝇、那些听任骄阳晒进来的窗子,我好像已经看了很久很久,而且一直要到很远的将来才能不看似的,于是我心中充满了对草原,对太阳,对苍蝇的憎恨。……

一个戴着头巾的乌克兰女人端来一个放着茶具的托盘,然后又端来茶炊。亚美尼亚人不慌不忙地走进前堂,嚷道:

"玛西雅！来斟茶！你在哪儿啊？玛西雅！"

这时候传来匆忙的脚步声，有一个大约十六岁的姑娘走进房间来，穿一件朴素的花布连衣裙，戴一块白色的小头巾。她站在那儿洗茶具，斟茶的时候背对着我，我只看得见她的腰很细，两只光光的小脚让长裤腿盖住了。

主人请我去喝茶。我就在桌旁坐下，瞧着递给我茶杯的姑娘的脸，突然间，我觉得仿佛有一股风吹过我的灵魂，吹掉灵魂里这一天的种种印象、烦闷和尘土。我看见了一张以前在现实生活里和在梦乡中从没见过的最美丽、迷人的脸。原来我面前站着一个美人，如同一道闪电似的，我第一眼就瞧出来了。

我愿意起誓：玛霞，或者按她父亲的称呼，玛西雅，是个真正的美人，不过要证明这一点我却办不到。有的时候天边胡乱地挤集着许多云，藏在后面的太阳给那些云和天空染上各式各样的颜色：紫红、橙红、金黄、淡紫、暗红；这朵云像一个修士，那朵云像一条鱼，另一朵云又像缠头的土耳其人。晚霞布满天空的三分之一,照亮教堂上的十字架和地主房子上的窗玻璃,倒映在溪流和水塘里,在树木上颤抖;远远的,远远的,有一群野鸭,背衬着晚霞,飞到什么地方去过夜。……一个牧童赶着许多牛,一个土地测量师坐着马车走过水坝,几个老爷在散步,他们都瞧着落日,个个都认为这种景色美丽极了,然而究竟美在什么地方,谁也不知道,谁也说不出。

并不是只有我一个人觉得这个亚美尼亚姑娘美丽。我爷爷是个八十岁的老人,为人古板,对女人和大自然的美素来漠不关心,这时候却也亲切地瞅了玛霞整整一分钟,问道:

"她是您的女儿吗,阿威特·纳扎雷奇?"

"是我女儿。她是我的女儿……"主人回答说。

"很漂亮的一位小姐。"爷爷称赞说。

画家会说这个亚美尼亚姑娘的美丽是古典的,严谨的。这恰好是这样的一种美:上帝才知道是什么缘故,您只要一看到它,就会很有把握地认定,您看见了端正的相貌,那头发、那眼睛、那鼻子、那嘴、那脖子、那胸脯、那年轻的身体的一切动作,合成一个完整而协调的和音,在这方面,大自然连一个最小的细节也没有做错。不知什么缘故,您觉得一个理想的美女恰好就应当有玛霞那样的鼻子,笔直,带一个不大的弯钩,也应当有那样又大又黑的眼睛,那样长长的睫毛,那样娇慵的眼神。您觉得她黑色的鬈发和黑眉毛正好跟她额头和脸颊的白嫩的颜色相配,就跟绿色的芦苇正好跟安静的小溪相配一样。玛霞白皙的脖子和她年轻的胸脯还没充分发育起来,然而您觉得要塑造它们却必须有巨大的创造才能才行。您看着她就会渐渐生出一种愿望,想对玛霞说一点异常愉快、诚恳而且跟她本人一样美丽的话才好。

起初我不高兴,害臊,因为玛霞一点也不理睬我,始终低下眼睛瞧着地下。我觉得,似乎有一种特别的、幸福而骄傲的空气,把她和我隔开,严密地保护着她,不让我的眼光接触到她。

"这,"我想,"是因为我周身满是尘土,而且给太阳晒黑了,还因为我只是个小孩子罢了。"

不过后来我渐渐忘掉自己,把全身心都投进美的感觉里去了。我已经想不起草原的乏味,想不起尘土,听不见苍蝇的嗡嗡声,尝不出茶的味道,只觉得在我对面,隔着一张桌子,站着一个美丽的姑娘。

我的美的感受有点古怪。玛霞在我心里引起的既不是欲望,也不是痴迷,又不是快乐,而是一种虽然愉快却又沉重的忧郁心情。这种忧郁模模糊糊,并不明确,像在梦里一样。不知什么缘故,我忽然怜惜我自己,怜惜我爷爷,怜惜那个亚美尼亚人,甚至怜惜亚美尼亚姑娘本人了。我有一种心情,仿佛我们四个人都失去了一种人生中很重大而必要的东西,一种从此再也找不回来的东西。我爷爷也有些忧郁。他不再谈牧场,谈绵羊,却沉默下来,呆呆地瞧着玛霞出神。

喝完茶后,我爷爷躺下来睡觉,我就走出房外,在门廊上坐下。这所房子跟巴赫契-萨里所有其他的房子一样,建在向阳的地方,没有树木,没有遮阳,没有阴影。亚美尼亚人的大院子里长满锦葵和滨藜,尽管天气炎热,却生气勃勃,充满欢乐。院子里东一道篱笆,西一道篱笆,在一道矮篱笆后面,人们正在打谷子。打谷场正中安着一根柱子,有十二匹马拴在一起,形成一个很长的半径,绕着那根柱子奔跑。旁边有一个乌克兰人走来走去,上身穿长坎肩,下身穿肥大的灯笼裤,扬起鞭子抽马,嘴里吆喝着,从他的声调听起来好像他有意嘲笑那些马,对它们显显威风似的:

"啊——啊——啊,该死的!啊——啊——啊……没叫你们遭了瘟才好!你们害怕了?"

那些马有枣红色,有白色,有花斑色,它们不明白为什么逼着它们踩着小麦的麦秸,在一个地方团团转。它们不大乐意地跑着,仿佛很吃力,而且不高兴地摇着尾巴。风从它们的蹄子底下卷起一团团金黄色谷壳的烟雾,送到篱笆外面远远的地方去。在那些高高的新麦垛旁边,聚集着一些女人,手里拿着耙子,有几辆大车在走动。麦垛后面,在另一个院子里,也同样有那么十二匹马绕着一根柱子奔跑,也同样有那么一个乌克兰人抽着鞭子,嘲笑那些马。

我坐的那层台阶发烫;由于天气炎热,那些细栏杆和窗框子这儿那儿冒出树胶来。在台阶下面和百叶窗下面那些长条的阴影里,有些红色的小甲虫挤在一起。太阳既晒我的头,也晒我的胸脯,还晒我的后背,不过我没理会这些,只感到我身后有一双光脚在前厅、在房间里踩响木板地。玛霞收拾完茶具,顺着台阶跑下来,朝我这边带来一股风,像鸟似的飞进一个不大的、被烟熏黑的厢房里去了。那儿多半是厨房,从那里飘来烤羊肉的气味,传来亚美尼亚人气冲冲的说话声。她走进那个乌黑的门口就不见了,紧跟着门口出现一个红脸膛的亚美尼亚老太婆,驼着背,穿一条绿色的肥裤子。这个老太婆正在生气,责骂一个什么人。不久门口出现了玛霞,厨房的热气弄得她的脸发红,肩膀上扛着一个很大的黑面包。她在面包的重压下优美地弯下腰,穿过院子,往打谷场跑去,然后跳过矮篱笆,钻进金黄色谷壳的烟雾,转到一辆大车后面,不见了。那个赶马的乌克兰人放下鞭子,停住嘴,默默地往大车那边看了会儿,然后,等到亚美尼亚姑娘又在那些马身旁一闪而过,跳过篱笆,他就用眼睛跟踪她,用仿佛很伤心的语调对马吆喝一声:

"哎,巴不得你们死了才好哟,魔鬼!"

后来,我一直听见她的光脚不断走动的声音,看见她带着严肃而操心的脸色在院子里跑来跑去。她时而跑下台阶,带给我一阵风,时而跑进厨房,时而跑到打谷场去,时而跑出大门以外。我为了看她,几乎来不及扭动我的脑袋。

她带着她的美越是常常在我的眼前闪来闪去,我的忧郁也就越沉重。我既怜惜自己,又怜惜她,还怜惜那个乌克兰人。每逢她穿过谷壳的烟雾往打谷场跑去,他总要用眼睛忧郁地跟踪她。莫非这是我对她的美丽的嫉妒?或者,莫非我惋惜这个姑娘不属于我,而且永远也不会属于我,我在她眼里是个陌生人?或者,这是因为我隐隐感到她那种少有的美是偶然的,不必要的,而且像人间万物一样,不会长久存在?或者,我这种忧郁也许是人见到真正的美的时候总会产生的那种特殊感触吧?那就只有上帝知道了!

三个钟头的等候不知不觉就过去了。我觉得我还没有把玛霞看够,卡尔波却已经赶着车子到河边,给马洗好澡,开始套车了。湿淋淋的马舒服得喷着鼻子,伸出蹄子踢车杆。卡尔波对它吆喝一声:"回——去!"我爷爷醒过来了。玛霞为我们推开吱吱嘎嘎响的大门,我们坐上车子,走出了院子,一路上都不开口讲话,好像互相生气似的。

过了两三个钟头,远远地出现了罗斯托夫和纳希切万,这时候,一直沉默着的卡尔波却很快地回头看一

眼,说:

"那个亚美尼亚人家的姑娘真可爱!"

然后他扬起鞭子抽一下马。

二

又一次,我已经是大学生了,坐着火车到南方去。那是五月间。在一个火车站上(那火车站大概是在别尔哥罗德和哈尔科夫中间),我走出车厢,到月台上去散步。

黄昏的阴影已经投在车站的小花园里,月台上,旷野上。火车站遮住西下的夕阳,不过从火车头里冒出来一团团烟,那最上面的烟带着柔和的粉红色,这就可以看出太阳还没有完全落下去。

我在月台上散步,发觉大多数散步的乘客老是在二等客车一个车厢附近走动和站定,从他们的神情看来,好像那个车厢里坐着一个有名的人物。我在这个

美　人　集

车厢旁边遇见的好奇者当中,除了别人以外,还有一个跟我同车的旅客,他是个炮兵军官,聪明,热情,可爱,就跟所有那些我们在旅途上偶然相识,不久又走散的人一样。

"您在这儿看什么?"我问。

他什么话也没回答,光是往一个女人那边丢了个眼色。那是一个很年轻的姑娘,年纪十七八岁,穿一身俄罗斯民族服装,头上没有戴帽子,肩膀上随随便便地搭一块小披肩。她不是车上的乘客,多半是站长的女儿或者妹妹。她站在那个车厢的窗子旁边,跟一个上了岁数的女乘客谈话。我还没有来得及弄清楚我看见的是什么样的人,我的心里就突然生出先前在亚美尼亚人的村子里体验过的那种感情。

这个姑娘美极了,不管是我还是那些跟我一块儿瞧着她的人,对这一点都毫不怀疑。

如果照通常的方式把她的相貌一样一样拆开来描写,那么她真正漂亮的地方只有她那一头波浪般起伏的、浓密的淡黄色头发,那些头发披散下来,用一根黑丝带扎住,至于那张脸的其余各部分,就或者是不端正,或者是十分平常了。她的眼睛总是眯得很细,这是由于她已经养成一种特殊的卖弄风情的习惯,或者由于近视。她的鼻子微微往上翘着,她的嘴很小,她那张脸的侧面轮廓软弱无力,她的肩膀窄得跟她的年龄不相称,然而这个姑娘却给人留下真正的美人的印象。我瞧着她,就不能不相信:俄国人的脸要显得美丽并不需要具有严格端正的五官,不仅如此,如果这个姑娘没有她那个狮子鼻,而换上另一个端端正正、完美无缺的鼻子,像那个亚美尼亚姑娘一样,那么她的脸似乎还会因此失去它所有的妩媚呢。

姑娘正站在窗前谈话,由于黄昏的潮气而缩起身子,不时回头看我们一眼,一会儿双手插着腰,一会儿把一只手举到头上,理一下头发。她又说又笑,脸上时而做出惊讶的神情,时而现出害怕的样子,我记得她的身体和脸一会儿也没安静过。她那美的秘密和魅力恰好完全在于这些琐碎而无限优美的动作,在于她的微笑,在于她脸容的变化,在于她对我们投来的迅速的一瞥,在于这些动作的细腻优雅正好跟她的年轻娇嫩相配,跟她在笑语声中透露出来的纯洁灵魂相配,跟小孩、小鸟、小鹿、小树身上为我们十分喜爱的那种脆弱相配。

这是蝴蝶的那种美丽,跟圆舞曲、花园里的闲游、笑声、欢乐十分相称,而跟严肃的思想、悲伤、安宁就格格不入了。似乎,只要月台上刮过一股大风,或者下上一场雨,这个脆弱的身体就会突然萎缩,这种变幻莫测的美丽就会像花粉那样消散了。

"是啊……"在第二遍铃声响过以后我们向我们的车厢走去的时候,军官叹了口气,嘟哝道。

至于这个"是啊"究竟是什么意思,我就不打算来推敲了。

也许他感到忧郁,不想离开那个美人和春天的黄昏而走进闷热的车厢去吧,或者,他也许跟我一样无端地怜惜那个美人,怜惜自己,怜惜我,怜惜所有那些懒洋洋地勉强走回自己的车厢去的乘客吧。我们走过车站的一个窗口,看见里面有个脸色苍白、头发火红色的电报员坐在电报机旁边,他的鬈发高高地蓬松着,颧骨突出的脸黯淡无光。军官叹了口气,说:

"我敢打赌,这个电报员爱上了那个漂亮的姑娘。生活在旷野上,又跟这么一个轻盈美妙的人儿住在同一所房子里,要想不爱上她,那可得有超人的力量才行。可是,自己是个背有点驼、蓬头散发、平淡乏味、品行端正而不愚蠢的人,却爱上一个根本不把您放在眼里而且有点愚蠢的漂亮姑娘,我的朋友,这是什么样的不幸,什么样的嘲弄啊!或者,事情也许更糟,您不妨设想一下:这个电报员爱上了这个姑娘,同时他却已经结过婚,他的妻子跟他一样背有点驼、蓬头散发、为人正派。……那可真苦了!"

在我们车厢附近站着一个列车员,把胳膊肘倚在小广场的栅栏上,眼睛往美人站着的那边望。他那憔悴而肌肉松弛的脸浮肿而难看,由于夜间不得睡眠,又经受车厢的颠簸,一直显得疲乏不堪,这时候却表现出感动和十分忧郁的神情,仿佛他在姑娘身上看见了自己的青春和幸福,看见了自己的清醒、纯洁、妻子、儿女,仿佛他在懊恼,他整个身心都感觉到这个姑娘不是他的,他已经过早地苍老,粗俗而臃肿,因此他跟普通的、人类的、乘客们的幸福的距离已经像他跟天空那样遥远了。

第三遍铃声敲过,火车头的汽笛响起来,火车就懒洋洋地开动了。我们的窗外先是闪过验票员、站长,然后是花园,那个美人以及她那好看的、像孩子般调皮的笑靥。……

我伸出头去,往后看,瞧见她用眼睛跟踪这列火车,在月台上走着,经过里面坐着电报员的那个窗口,理一下头发,跑进花园里去了。火车站不再挡住西边的天空,旷野就袒露在眼前,然而太阳已经落下去,一团团黑烟笼罩在绿油油、像丝绒般的冬麦地上。春天的空气也好,黑下来的天空也好,车厢里也好,都显得那么忧郁。

一个熟识的列车员走进车厢里来,动手点燃蜡烛。

洛希尔的提琴

这个城镇小得很,还不如一个乡村。住在这个小城里的几乎只有老头子,这些老头子却难得死掉,简直惹人气恼。医院里和监牢里需要的棺材也很少。一句话,生意坏透了。假如亚科甫·伊凡诺夫是省城里的棺材匠,那他一定已经有自己的房产,大家要称呼他亚科甫·玛特威伊奇①了,可是在此地这个小城里,大家却简单地叫他一声亚科甫,不知什么缘故,还送他一个

---

① 对人连称本名和父名,含有尊敬意味。

外号,叫"青铜"。他生活贫苦,跟普通庄稼汉一样,住在一所不大的旧木房里。小木房总共只有一个房间,他、玛尔法、一个火炉、一张双人床、几口棺材、一个工作台、所有的生活用品,就统统挤在这个房间里了。

亚科甫做的棺材又好又结实。他给农民和小市民做棺材,总是按自己的身材来做,从来也没出过一次错,因为比他再高再强壮的人就连监牢里也没有,虽然他已经七十岁了。他给贵族和女人做棺材,总要先量尺寸,量的时候用一管铁尺。有人来定做儿童的棺材,他总是很不乐意应承,做的时候尺寸也不量,直截了当就动手,抱着轻视的态度,人家给他工钱的时候,他总要说:

"讲老实话,我不爱干这种七零八碎的活儿。"

除了这种手艺以外,拉提琴也给他带来一笔不大的收入。这个小城里的人们举行婚礼,通常有一个犹太乐队奏乐。这个乐队由镀锡匠莫依塞·伊里奇·沙赫凯斯掌管,一半以上的收入被他拿走。亚科甫提琴拉得很好,特别擅长拉俄罗斯的曲子,因此沙赫凯斯有时候请他参加乐队,报酬是一天五十个戈比,客人的赏钱除外。每逢"青铜"在乐队里坐下,他总是首先脸上冒汗,面孔涨得通红。这种地方很热,大蒜气味浓得叫人透不出气来。提琴尖声叫着,右耳朵旁边有低音大提琴的嘶哑声,左耳朵旁边响起长笛的哀哭声。吹长笛的是一个消瘦的、头发棕红色的犹太人,满脸现出青筋和血管,像是织成一面密网,他有着跟那位著名的富翁①同一个姓:洛希尔。这个该诅咒的犹太人甚至能够把最快活的曲子也吹得悲悲戚戚。亚科甫没有任何明显的理由对犹太人,特别是对洛希尔,渐渐形成憎恨和轻蔑的心理。他开始挑他的毛病,恶言恶语地骂他,有一次甚至打算动手打他,洛希尔生气了,恶狠狠地瞧着他说:

"要不是我尊敬您的才能,我早就把您扔出窗外

---

① 指德国籍的犹太富翁洛希尔。

去了。"

接着他就哭了。因此乐队不常约请"青铜"加入,除非遇到非常必要的时候,例如那些犹太人当中缺了一个。

亚科甫从来也没有心情舒畅过,因为他经常遭到可怕的损失。比方说,星期日和节日干活是有罪的,而星期一又是不吉利的日子,这样一年当中总有两百天光景不得不闲坐着,无所事事。这损失可真不小!如果这个小城里有人举行婚礼而不要奏乐,或者沙赫凯斯没有请他,那也是损失。警官害痨病,病了两年,亚科甫焦急地盼着他死,可是警官动身到省城去就医,不料就死在那儿了。这又是损失,至少也有十个卢布,因为那口棺材一定很贵,而且盖上锦缎。一想到种种损失,亚科甫总是心神不安,特别是在夜间。他老是把他的提琴放在床上他的身旁,遇到有什么乱七八糟的思想钻进他的脑子,他就触动琴弦,提琴就在黑暗里发出声音,他心里才觉得轻松一点。

美 人 集

去年五月六日玛尔法忽然病了。这个老太婆呼呼地喘气,喝很多的水,走路摇摇晃晃。可是那天早晨她仍旧亲自生炉子,甚至去取水。不过,到傍晚,她就躺下了。亚科甫拉了一整天提琴,等到天色大黑,他就拿出那本每天用来记录损失的笔记簿,反正闲着闷得慌,就动手把一年来的损失结一下账。结果,总数竟在一千卢布以上。这使他大为震动,他把算盘往地下一扔,用脚去踩。随后他拿起算盘,又噼噼啪啪地打了很久,同时紧张地、深深地叹气。他的脸涨得通红,汗水淋漓。他暗自寻思,要是把亏损的一千卢布存在银行里,那么一年的利息至少也有四十卢布。可见这四十卢布也是一笔损失。一句话,不管你往哪儿转,到处都只有损失,别的什么也没有。

"亚科甫!"玛尔法出乎意外地叫了一声,"我要死了!"

他回过头来看他的妻子。她的脸烧得绯红,神情异常开朗和喜悦。"青铜"平素看惯她那张苍白、胆怯、悲戚的脸,这时候心慌了。看样子,她好像真要死了,而且似乎在暗自高兴,她终于要永远离开这个小木房,离开这些棺材,离开亚科甫了。……她眼望着天花板,努动嘴唇,脸上的表情是幸福的,仿佛她看见了死亡,她的救星,正在跟它小声交谈似的。

天已经亮了,从窗口望出去,可以看见朝霞像火烧一样红。亚科甫瞧着老太婆,不知怎的,想起他这一辈子似乎从没跟她亲热过一次,从没疼过她,也没有一回想到给她买一块头巾,或者从人家喜宴上给她带回一点什么甜食,却光是对她叫嚷,为了损失而骂她,捏着拳头对她扑过去;固然,他从来也没有真正打过她,不过毕竟吓唬过她,每一次她都吓得发呆。是的,他不准她喝茶,因为就是不买茶叶,开销也够大的了;她只好喝白开水。他明白她的脸相现在为什么这么古怪,高兴,他心里害怕了。

熬到早晨,他到邻居那儿借来一匹马,把玛尔法送到医院去。那儿病人不多,所以他等了没有多久,约莫三个钟头。使他大为满意的是,这一回看病的不是医生,医生本人也病了,而是医士玛克辛·尼古拉伊奇,一个老头儿。城里人都说,这个老头儿虽然爱喝酒、骂人,不过医道却比医生高明。

"您老人家好!"亚科甫把老太婆领进诊疗室,说,"对不起,玛克辛·尼古拉伊奇,我们老是为一些小毛病来麻烦您。喏,您瞧,我那口子病了。也就是像大家所说的那样,生活的伴侣,请您原谅我的这种说法。……"

医士拧起白眉毛,摩挲着络腮胡子,开始打量老太婆。她坐在凳子上,驼着背,精瘦,尖尖的鼻子,张着嘴,从侧面看上去,像是一只口渴的鸟。

"嗯……是啊……"医士慢慢地说,叹了口气,"这是流行性感冒,不过也可能是热病。现在城里正在闹伤寒。好,老太婆总算活了这么一大把年纪,谢天谢地。……她多大岁数?"

"差一年就满七十了,玛克辛·尼古拉伊奇。"

"哦,老太婆总算活了这么一大把年纪。也该知足了。"

"当然,您的话说得圣明,玛克辛·尼古拉伊奇,"亚科甫说,客气地赔着笑脸,"您这些美言,我们感激在心,不过请您容许我说一句,任什么虫子都想活下去。"

"那还用说!"医士说,听他那口气倒好像老太婆的生死都操纵在他手里似的,"嗯,这么办吧,朋友,在她头上放一块浸过凉水的布,把这药粉给她一天吃两次。好,再见,再见①。"

亚科甫从他脸上的表情看出,事情不妙,任什么药粉也无济于事了。这时候他才明白:玛尔法很快就要死了,不是今天就是明天。他轻轻地碰一下医士的胳膊肘,眨一下眼睛,低声说:

"玛克辛·尼古拉伊奇,该给她放血才对。"

---

① 原文为法语。

美　人　集

"没有工夫,没有工夫,朋友。带着你的老太婆走吧,求上帝保佑。再见。"

"求您大发慈悲吧,"亚科甫恳求道,"您自己明白,要是她,比方说,肚子痛,或者内脏出了毛病,那才吃药粉,喝药水,可如今她是着了凉啊! 一着凉,头一件事就是放血,玛克辛·尼古拉伊奇。"

可是医士已经叫下一个病人,于是一个村妇带着个孩子走进诊疗室来了。

"走吧,走吧……"他对亚科甫说,皱起眉头,"不要胡搅蛮缠。"

"既是这样,至少给她放上蚂蟥①也好! 看在上帝面上,行行好吧!"

医士冒火了,叫道:

"还要跟我啰唆! 笨蛋。……"

亚科甫也冒火了,脸孔涨得通红,可是一句话也没

---

① 这种动物吸食人畜血液,古时医学上利用它吸取脓血。

有说,搀扶着玛尔法,领她走出诊疗室。直到他们坐上大车,他才严厉而讥诮地看一眼医院,说:

"安插在这儿的全是你们这号好手!见了阔佬恐怕就肯用吸杯放血了,见了穷人却连蚂蟥也舍不得用。这些希律!"

他们回到家里,玛尔法走进家门,手扶着炉子,呆站了十几分钟。她觉得要是她躺下去,亚科甫就会讲起种种损失,骂她老是躺着,不想干活。可是亚科甫郁闷地瞧着她,想起明天是圣约翰节,后天是奇迹创造者圣尼古拉节,过后就是星期日,再后又是星期一,不吉利的日子。这四天是不能干活的,而玛尔法却一定会在这几天里死掉,可见今天就得动手做棺材。他拿起他那管铁尺,走到老太婆跟前,给她量尺寸。后来她就躺下了。他在胸前画了个十字,动手做棺材。

等到工作结束,"青铜"就戴上眼镜,在他的簿子上记一笔:

"为玛尔法·伊凡诺芙娜做棺木一口,计两个卢布四十个戈比。"

他叹了口气。老太婆始终沉默地躺在那儿,闭着眼睛。可是到傍晚,天黑了,她忽然叫一声老头儿。

"你记得吗,亚科甫?"她问道,快活地瞧着他,"你记得五十年前上帝赐给我们一个头发金黄的小娃娃吗?那时候我和你老是坐在河边……柳树底下……唱歌。"她说完,苦笑一下,补充一句,"那个小女儿死了。"

亚科甫极力回想,可是怎么也想不起那个小娃娃,那棵柳树。

"这是你在胡思乱想。"他说。

神甫来了,给玛尔法授了圣餐,行了临终涂油礼。后来她开始嘟嘟哝哝,吐字不清,将近早晨,她去世了。

邻家的老太婆给她擦洗干净,穿好衣服,放进棺材。为了省下给教堂诵经士一笔钱,亚科甫亲自唱赞美诗。至于坟墓,他也没有出钱,因为墓园看守人是他的干亲家。有四个农民把棺材抬到墓园,可是他们不是为了挣钱,而是出于敬意。跟在棺材后面的,是几个老太婆、叫花子、两个疯修士,路上遇到的人都虔诚地在胸前画十字。……亚科甫十分满意,因为这件事办得合乎规矩,体面,便宜,没有惹得谁不痛快。他最后一次跟玛尔法告别的当儿,用手碰了碰棺材,心里想:"这活儿干得挺不错!"

可是他从墓园往回走的时候,心里却非常难受。他有点不舒服:呼出的气发热而且急促,两条腿发软,老是想喝水。此外,种种思想钻进他的脑子里来。他又想起他这一辈子没有对玛尔法亲热过一次,疼爱过一次。他们在小木房里同住了五十二年,这五十二年很长很长,可是不知怎的,事情竟会弄到这样:在这段时间里,他一回也没想到过她,关心过她,好像她是一只猫或者一条狗似的;而她却每天都在生炉子,烧菜,烤面包,出外取水,劈柴,跟他同睡在一张床上。每逢他从婚宴上喝醉酒回来,她总是恭恭敬敬地把他的提琴挂在墙上,扶着他上床睡下,她做这些事总是一声不响,脸上现出胆怯和操心的神情。

洛希尔朝着亚科甫走来,笑吟吟的,对他点头。

"我正在找您,大叔!"他说,"莫伊塞·伊里奇问您好,叫您马上到他那儿去一趟。"

亚科甫没有心思顾到这些。他很想哭一场。

"躲开!"他说,往前走去。

"这怎么行呢?"洛希尔着急地说,跑到前头去,"莫伊塞·伊里奇要生气的!他叫您马上去!"

亚科甫瞧见犹太人气喘吁吁,不住地眨眼,脸上长着那么多棕红色的斑点,不由得心里讨厌。他那件带黑补丁的绿色上衣,他那瘦弱单薄的身子也叫人看不入眼。

"你干什么缠住我不放,大蒜头?"亚科甫吆喝道,"别这么死皮赖脸的!"

犹太人生气了,也叫嚷起来:

"可是请您小点声,要不,我就把您扔过篱墙去!"

"躲开我!"亚科甫大吼一声,捏着拳头向他扑过去,"这些癞皮狗闹得人日子都过不成!"

洛希尔吓坏了,蹲下去,两手在头顶上面晃来晃去,好像要挡住拳头,保护自己似的。随后他跳起来,使出平生的力气跑掉了。他一面跑一面蹦蹦跳跳,举起两手轻轻地拍着,谁都可以看出他那又瘦又长的背脊在颤抖。男孩们看见这情景而高兴起来,追着他跑,嚷道:"犹太佬!犹太佬!"狗也追他,汪汪地吠。有人哈哈大笑,随后打了个呼哨,那些狗就吠得更响、更欢了。……后来大概有一条狗咬了洛希尔,因为远处传来一声凄厉的绝叫。

亚科甫在牧场上溜达一阵,然后在城郊一带随意走动。男孩们喊道:"青铜来了!青铜来了!"他走到了河边。鹬鸟飞来飞去,鸣声啾啾,鸭子也嘎嘎地叫。太阳晒得很热,水面上金光闪闪,眼睛一看河水就会感到刺痛。亚科甫沿着河边一条小路走去,看见浴棚里走出一个身体丰满、脸色绯红的太太,心里就想:"嘿,好一只水獭!"离浴棚不远,有些男孩正在用肉做饵捉虾,一看到他,就带着恶意喊道:"青铜!青铜!"那儿有一棵老柳树,树顶宽阔,树干上有一个极大的洞,树梢上有一个乌鸦窝。……突然,亚科甫的记忆里活生生地浮现出一个金黄头发的小娃娃和玛尔法讲到的那棵柳树。是啊,这就是那棵柳树,碧绿,安静,忧郁。……它衰老得多了,这可怜的树!

他就在这棵柳树底下坐下来,开始回想。对岸如今是一片水淹的草地,那时候却是一片大桦树林,远处地平线上耸起的那座秃山,当初长着一片很老很老的青色松林。当初河里驶着帆船。现在一切都平坦光滑,对岸只长着一棵幼小而挺秀的小桦树,像是一位小姐。河上只有鸭子和鹅,不像过去曾经行驶过帆船的样子。鹅也似乎比从前少了。亚科甫闭上眼睛,他的脑海里就出现一大群白鹅,这一只迎着另一只飞快地游去。

他不明白事情怎么会弄到这种地步:在他的一生中,最近四五十年以来,他一次也没到这条河边来过,或者,即使来过,却没注意过它。要知道,这是一条相当大的河,并非不值一提的小河,在这条河上原可以捕鱼,再把鱼卖给商人、文官、车站小吃店的老板,然后把钱存进银行;也可以驾一条小船从这个庄园赶到那个庄园,拉一拉提琴,各种身份的人都会给他钱;还可以试一试用船运货的生意,这比做棺材强得多;最后还可以养鹅,冬天把鹅宰掉,运到莫斯科去,单是鹅毛一项恐怕每年就可以挣十个卢布。可是他白白错过时机,什么事也没做,多大的损失!哎,多大的损失啊!如果把这些事一齐干起来,又是捕鱼,又是拉提琴,又是用船运货,又是杀鹅,那会挣下多大的一笔钱!可是这种事连做梦也没有想到过,生活白白过去,没有一点好处,没有一点欢乐,完全落空了。前头已经没有什么可以指望,往后看呢,什么也没有,只有种种损失,而且是可怕的损失,简直叫人浑身发凉。为什么人们就不能好好生活,避免这些损失呢?请问,为什么人们把桦树林和松林砍掉?为什么牧场白白荒芜?为什么人们老是做些恰恰不该做的事？为什么亚科甫这一辈子老是骂人,发脾气,捏着拳头要打人,欺侮自己的妻子呢？请问,刚才有什么必要吓唬那个犹太人,侮辱他呢？为什么人们总是妨碍彼此的生活呢？要知道,这造成多大的损失！多么可怕的损失呀！要是没有憎恨和恶意,人们彼此之间就会得到很大的好处了。

傍晚和夜间,他一直恍惚看见小娃娃,柳树,鱼,宰掉的鹅,从侧面看去活像口渴的鸟儿的玛尔法,洛希尔的苍白可怜的脸。有许多脸从四面八方凑过来,低声数说损失。他翻来覆去,有四五次从床上爬起来拉提琴。

早晨他勉强起床,到医院去了。看病的仍旧是玛克辛·尼古拉伊奇,他吩咐亚科甫在头上放一块用凉水浸过的布,同时给了他一些药粉。亚科甫从他的脸色和口气看出事情不妙,任什么药粉也无济于事了。后来,他在回家去的路上,心里想:死了倒好,不必再吃东西,喝水,纳税,得罪人了;而且由于人在坟墓里不是睡一年，而是睡好几百年，一千年，那么，要是细算一下，好处就大极了。人从生活里得到的是损失，从死亡里得到的反而是好处。这种想法当然正确，然而未免使人气恼，叫人痛心：人世间为什么有这么一种古怪的章法，人只能过一次生活，而这生活却没有带来一点好处就过去了？

死掉倒也没有什么可惋惜的，可是他回到家里，一看见提琴，他的心就揪紧，他舍不得死了。这把提琴是不能由他带进坟墓去的，今后它就要变得孤零零，落到跟那片桦树林和那片松林同样的下场了。在这个世界上，一切东西，过去是白白糟蹋掉，将来也仍旧会白白糟蹋掉！亚科甫从小木房里走出来，在门外坐下，把提琴搂在怀里。他一面想他那白白糟蹋掉、充满损失的一生，一面拉那把提琴，自己也不知道自己在拉什么曲子，可是音调悲凉而动人，眼泪顺着他的脸颊流下来。他想得越深，提琴的音调也就越悲凉。

门闩响了一两声，洛希尔在门口出现了。他大着胆子走过半个院子,可是一看见亚科甫,却忽然停住脚,缩起脖子,大概害怕了。他开始用手比画,好像要用手指头表明现在是几点钟似的。

"过来吧,不要紧的,"亚科甫亲热地说,招手要他走过来,"过来吧!"

洛希尔狐疑而害怕地瞧着他,往他那边走过去,在离他一俄丈远的地方站住。

"求您发发慈悲,别打我!"他说,蹲下去,"莫伊塞·伊里奇又打发我来了。他说:你不用怕,再到亚科甫那儿去一趟,就说缺了他无论如何也不行。星期三有人办喜事。……是啊!沙波瓦洛夫老爷嫁女儿,那姑爷是个挺好的人。婚礼可阔气啦,嘿嘿!"犹太人又说,眯细一只眼睛。

"我不能去……"亚科甫说,呼呼地喘气,"我病了,老弟。"

他又拉提琴,眼泪从他眼眶里迸出来,滴在提琴上。洛希尔注意地听着,侧着身子对着他,两条胳膊交叉在胸口。他脸上那种惊恐困惑的表情渐渐转为悲怆痛苦的神色。他转动眼珠,仿佛心里感到难以承受的狂喜似的,嘴里说:"啊啊啊!……"眼泪顺着他的脸颊慢慢流下来,滴在他那件绿色上衣上。

后来,亚科甫躺了一整天,心里愁闷。傍晚神甫来听取他的忏悔,问他记不记得犯过什么特别的罪。他极力运用他那很差的记性,又想起玛尔法的不幸的脸色和犹太人被狗咬后的绝叫,就声音微弱地说:

"请您把提琴送给洛希尔吧。"

"好。"神甫回答说。

如今,城里的人都问:洛希尔从哪儿弄来这么好的一把提琴?是他买来的呢,还是偷来的,或者也许是人家押给他的?他早已丢开长笛,现在专拉提琴了。他的弓子也像他从前的长笛那样发出悲凉的音调,可是每逢他极力模仿亚科甫坐在门口拉过的那个曲调,他就会拉出一种极其悲苦哀伤的调子,弄得听众纷纷落泪,最后他自己也转动眼珠,叫出"啊啊啊!……"的声音。城里人都喜欢这个新曲子,商人和文官争先恐后地请他到家里去,每次叫他把这个曲子拉十回。

在庄园里

巴威尔·伊里奇·拉谢维奇走来走去,轻轻踩着铺了小俄罗斯式长条粗毯的地板,在墙上和天花板上投下狭长的阴影。他的客人,履行法院侦讯官职务的梅耶尔,盘起一条腿坐在土耳其式长沙发上,吸烟,听着他说话。时针已经指到十一点,可以听见这个书房隔壁的房间里响起了摆饭桌的声音。

"不管您怎么说,"拉谢维奇说,"从博爱、平等之类的观点看来,牧猪人米特卡跟歌德、弗里德里希大

美 人 集

帝①同样是人,可是如果您立足于科学的土壤,有勇气正视事实,那么您就会明白:白骨头②并不是偏见,也不是娘们儿家的胡诌。我亲爱的,白骨头自有天然的历史根据,否认这一点,依我看来,就像否认鹿有犄角一样古怪。应当正视事实!您是法律学家,除了人文科学以外别的任什么科学都没有涉猎过,您还能够用平等、博爱之类的幻想迷惑自己,我呢,是个顽固不化的达尔文主义者,对我来说,像出身、贵族身份、贵族血统之类的字眼都不是空话。"

拉谢维奇情绪激动,讲得动了感情。他的眼睛发亮,夹鼻眼镜在鼻子上架不稳了。他兴奋地耸动肩膀,眨巴眼睛,讲到"达尔文主义者"这几个字的时候,就雄赳赳地照一照镜子,伸出两只手理顺他的白胡子。他穿一件很短的旧上衣和一条紧身裤子。他动作的敏

---

① 即弗里德希二世(1712—1786),18世纪的普鲁士国王,大肆推行侵略政策,使普鲁士的领土几乎扩大一倍。
② "白骨头"指贵族,"黑骨头"指平民。

捷、雄赳赳的气派和那件短小的上衣,都跟他有点不相称,看上去仿佛他那留着长发、气度尊严、俨然像是大主教或者德高望重的诗人的大脑袋错安在一个又高又瘦、装腔作势的青年脖子上了。每逢他大幅度叉开两条腿的当儿,他的长影子就像是一把剪刀。

一般说来他喜欢谈话,总是自以为说出了什么新颖独到的见解。在梅耶尔面前他觉得自己精神特别旺盛,思潮特别汹涌。这个侦讯官由于年轻,健康,风度优美,举止稳重,而且主要是由于待他以及他一家人的态度十分热诚而招他喜欢,使他兴致勃勃。总的来说,拉谢维奇的熟人都不喜欢他,疏远他,说他闲话太多,竟把妻子赶进了坟墓,这种议论他自己也知道,大家背地里都说他心眼恶毒,叫他癞蛤蟆。只有梅耶尔是新来的人,不抱成见,常到他家里来,而且很乐意来,甚至在一个什么地方说过这样的话:在整个县里,只有跟拉谢维奇和他的几个女儿相处,他才感到像跟亲人在一起那样温暖。拉谢维奇喜欢他,还因为他是个年轻人,能够成为他的大女儿任尼雅的好配偶。

这时候,拉谢维奇欣赏着自己的思想和声调,满意地瞧着身材胖得不算过分、头发剪得好看、举止彬彬有礼的梅耶尔,心里盘算着怎样把他的任尼雅嫁给一个好人,然后把他在田产方面急于要办的事怎样移交给他的女婿。那些事情可真麻烦呀!银行的利息已经有两期没有缴纳,各种欠缴的税款和罚金已经积累到两千多了!

"对我来说,这是不容怀疑的,"拉谢维奇接着说,越来越兴奋,"比方说,如果狮心理查①或者红胡子腓特烈②勇敢而宽宏大量,那么这些品质就会通过遗传随同脑回和脑球一齐传给他的儿子。如果这类勇敢和宽宏大量借教育和锻炼在他儿子身上保存下来,而且如果这个儿子娶了一位也宽宏大量的、勇敢的公爵小姐,那么这些品质就会传给他的孙子,依此类推,最后

---

① 即理查一世(1157—1199),12世纪的英国国王。
② 即腓特烈一世(约1125—1190),12世纪的"神圣罗马帝国"皇帝。

这些品质就成为他的氏族的特征,有机地深入所谓的血肉之中了。由于性的严格选择,由于贵族世家本能地保护自己而避开地位不相称的婚姻,由于贵族子弟不娶那些鬼才知道的人,高尚的精神品质才十分纯正地世代相传,保存下来,随着岁月的流逝,经过锻炼,变得越来越完善和高尚。人类当中有优美的东西存在,我们恰恰应当感激大自然,感激人间万物那种正确的、自然的、历史的、合理的进程,它在一连若干世纪当中极力把白骨头和黑骨头隔开。是啊,老弟!给予我们文学、科学、艺术、法学、荣誉观念和责任观念的,并不是下等人出身的暴发户,也不是厨娘的儿子。……人类为这些东西只应该感激白骨头才对。就这方面来说,从自然—历史的观点看来,一个不好的索巴克维奇①只因为是白骨头,就比一个最好的商人,哪怕是造过十五个博物馆的商人,也有益得多,高贵得多。您要

---

① 果戈理的小说《死魂灵》中一个粗鲁、顽固的地主。

怎么说都随您！如果我不跟贱民或者厨娘的儿子握手,不让他跟我同桌吃饭,那我就是在借此保存人世间最优美的东西,我就是在执行大自然母亲把我们引导到完善境界的最高指示。……"

拉谢维奇站住,用两只手梳理着胡子,他那像剪刀似的阴影就也在墙上停住了。

"您就拿我们的俄罗斯母亲来说吧,"他接着说,把两只手揣在衣袋里,时而用脚跟站住,时而踮起脚尖,"俄国最优秀的人是谁呢?您就拿我们的第一流艺术家、文学家、作曲家来说。……他们是些什么人呢?这些人,我亲爱的,都是白骨头的代表人物。普希金啦,果戈理啦,莱蒙托夫啦,屠格涅夫啦,冈察洛夫啦,托尔斯泰啦,都不是教堂诵经士的儿子嘛!"

"冈察洛夫是商人出身。"梅耶尔说。

"这又怎么样呢!例外反而肯定了常规。况且关于冈察洛夫的天才,那是大有争辩的余地的。不过我们姑且丢开这些名字,回到事实上来。比方说,我的先生,您对于这样一个雄辩的事实会怎样说呢:下等人出身的暴发户只要钻到以前不准他们去的地方,例如钻进上流社会,钻进科学界,钻进文学界,钻进地方自治局,钻进法院,那您就会发现,首先大自然本身就要站出来维护人类的最高权利,头一个向这些家伙宣战。果然,贱民刚一钻进他们不配去的地方,就会萎靡不振,身体虚弱,精神错乱,退化;您在任什么地方也不会遇见像在这些宝贝中间那么多的神经衰弱患者、心理不健全的人、痨病鬼、各式各样弱不禁风的家伙。他们像秋天的苍蝇那样纷纷死掉。要不是这种救命的退化衰败,我们的文明早就荡然无存,叫那些贱民全毁掉了。请您费神告诉我:到现在为止,这种侵犯给了我们什么呢?那些贱民带来了什么呢?"拉谢维奇说,做出神秘而惊恐的脸相,接着说,"我们的科学和文学从没降到像现在这样低的水平!当代的人,我的先生,既没有思想,也没有理想,他们的全部活动只浸透一种精神:如何才能多抢到手一点,如何才能剥掉人家最后一件衬衫。当代所有那些自命为进步和正直的人,您只要拿出一张一卢布钞票就能收买过来,现代知识分子的特点恰好就在于您跟他讲话的时候,必须严密提防您的口袋,要不然他就会把您的钱夹摸走了。"拉谢维奇眨了眨眼睛,扬声大笑。"真的,他准会摸走!"他用尖细的嗓音快活地说。"道德吗? 那是什么样的道德呢?"拉谢维奇说,回过头去看一眼房门,"如今,要是一个老婆偷光丈夫的东西,逃之夭夭,那已经不会使人吃惊了。这算得了什么,小事一桩! 现在,老弟,就连十二岁的小姑娘都想找情人喽。她们搞什么业余演出和文学晚会,无非是为了便于勾搭上有钱人,去做他的姘妇罢了。……做娘的出卖自己的女儿。对于那些做丈夫的,简直可以直截了当地问一声,要多少价钱才肯卖他的妻子,甚至不妨讨价还价,我亲爱的。……"

梅耶尔一直沉默着,坐在那儿不动,这时候突然从长沙发上站起来,看一眼挂钟。

"对不起,巴威尔·伊里奇,"他说,"我该回家了。"

然而巴威尔·伊里奇还没讲完话,搂住他,硬逼他在长沙发上坐下,赌咒说,他不吃晚饭就绝不准他走。梅耶尔便又坐下,听他讲话,可是带着困惑和不安的神情瞧着他,仿佛直到现在才开始听明白他说的话。他脸上现出红晕。最后,一个使女走进来,说小姐们请他们去吃晚饭,他才轻松地吐了口气,头一个走出书房去了。

在隔壁房间里,饭桌旁边坐着拉谢维奇的两个女儿,二十四岁的任尼雅和二十二岁的伊赖达,两姐妹都生着黑眼睛,肤色很白,身量一般高。任尼雅披散着头发,伊赖达把头发梳得高高的。两姐妹在吃饭以前各自喝下一杯带苦味的露酒,装得像是生平第一次,在无意中喝下的。两姐妹觉得不好意思,就咯咯地笑起来。

"别胡闹,姑娘们。"拉谢维奇说。

任尼雅和伊赖达彼此交谈说法国话,对父亲和客人说俄国话。她们抢着讲话,俄国话里夹着法国词儿,急急忙忙讲到前些年这个时候,也就是八月里,她们怎样离家到贵族女子中学去,那时多么快活。现在她们已经没有地方可去,只好住在这个庄园里,一冬一夏没有出过门。多么无聊啊!

"别胡闹,姑娘们。"拉谢维奇又说一遍。

他自己想说话。要是有他在场而别人说话,他就会生出近似嫉妒的心情。

"事情就是这样,我亲爱的……"他又开口了,亲热地瞧着侦讯官,"我们出于好心和忠厚,又怕别人怀疑我们落后,于是,请您别见怪,我们就跟各式各样乱七八糟的家伙称兄道弟,对那些暴发户和酒店老板宣传博爱平等。不过假如我们愿意往深里想一想,我们就会明白,我们这种好心犯了多么大的罪。我们这样一做不要紧,文明可就系在一根头发丝上了。我亲爱的!我们的祖先历朝历代积下的东西很快就会让这些最新的匈奴糟践,灭绝。……"

晚饭后，大家走进客厅。任尼雅和伊赖达点亮钢琴上的蜡烛，放好乐谱。……可是她们的父亲接连不断地讲下去，不知道什么时候才会完事。她们苦恼而烦躁地瞧着自己的父亲，对这个利己主义者来说，由闲聊和炫耀才智得来的快乐，显然比女儿们的幸福更加宝贵和重要。梅耶尔是唯一常到他们家来拜访的年轻人，她们心里明白，他来是为了跟这两个可爱的女性交往，然而唠叨不休的老头子却霸占住他，不许他离开一步。

"如同以前西方的骑士击退蒙古人的进攻一样，我们趁时机还不算迟，也应该团结起来，同心协力打击我们的敌人，"拉谢维奇举起右手，用传教士的口气接着说，"让我在下等人出身的暴发户面前不要以巴威尔·伊里奇的面目出现，而要以威风凛凛、强大有力的狮心理查的面目出现，我们不要再跟他们客气，够了！让我们大家约定，只要有一个这样的下等人走近我们身旁，我们就对准他的丑脸说几句蔑视的话：'滚开！

你这混蛋,安分点!'对准他的丑脸骂一通!"拉谢维奇兴奋地接着说,把弯着的手指头朝前面戳去,"对准他的丑脸!对准他的丑脸骂一通!"

"这我办不到。"梅耶尔说,扭过脸去。

"那是为什么?"拉谢维奇急忙问道,预感到一场有趣而漫长的辩论就要开始了,"那是为什么?"

"因为我自己就是个小市民。"

说完这话,梅耶尔涨红了脸,连脖子都涨粗了,甚至眼睛里闪现出泪光。

"我父亲是个普通的工人,"他用粗嗓门断断续续地补充说,"可是我看不出这有什么不好。"

拉谢维奇心慌极了,张口结舌,仿佛自己在犯罪的现场被人抓获了似的。他茫然失措地瞧着梅耶尔,不知道该说什么好。任尼雅和伊赖达涨红脸,低下头去凑近乐谱,为她们莽撞的父亲害臊。在沉默中过去了一分钟。就在这尴尬的当口,空中又突然响起了说话声,那语调痛苦而紧张,弄得大家羞愧极了:

"是的,我是平民,而且为这一点感到自豪。"

然后梅耶尔起身告辞,笨手笨脚地碰撞家具,很快地走进前厅,虽然他的马车还没套好。

"今天您要摸黑赶路了,"拉谢维奇跟在他身后,喃喃地说,"现在月亮很迟才升上来。"

他们两人在黑暗中站在门廊上,等着套马车。天凉下来了。

"一颗星落下去了……"梅耶尔说,把身上的大衣裹一裹紧。

"八月里总是有许多星落下去。"

等到马车套好,拉谢维奇凝神瞧了瞧天空,叹口气说:

"这倒是一种值得弗拉马里翁①来描写一下的现象。……"

他把客人送走以后,在花园里走来走去,在黑地里

---

① 弗拉马里翁(1842—1925),法国天文学家,写过许多科普名著。

做着手势,不愿意相信刚才发生了那么古怪而愚蠢的误会。他感到羞愧,生自己的气。第一,从他这方面来说,未免太不小心,太不周到,事先没弄清在跟什么人打交道就谈起该死的关于白骨头的话来。像这样的事情以前他也发生过:有一次他在火车上开口骂德国人,后来才发现所有那些跟他谈话的人都是德国人。第二,他估摸着梅耶尔不会再到他家来了。这些出身平民的知识分子都有病态的自尊心,为人固执,爱记仇。

"这真糟糕,糟糕……"拉谢维奇喃喃地说,一面吐着唾沫,觉得又别扭又恶心,像是吃了肥皂似的,"哎,这真糟糕!"

他向朝着花园的窗子望去,看见任尼雅在客厅里钢琴旁边,披散着头发,脸色十分苍白,带着惊慌失措的样子在急速地说话。……伊赖达从这个墙角走到那个墙角,沉思不语,不过后来她也讲起话来,也讲得很快,脸色气愤。两姐妹抢着讲话。她们的话一个字也听不见,可是拉谢维奇猜得出她们讲什么。任尼雅大概抱怨她父亲唠叨个没完没了,使所有的正派人都不再上他们家的门了,今天又赶走了她们唯一的熟人,而且可能是个求婚的人,如今这个可怜的年轻人在全县都休想找到一个可以让他的灵魂得到休息的地方了。伊赖达呢,凭她绝望地举起胳膊的样子来判断,大概在议论乏味的生活,议论被断送的青春。……

拉谢维奇回到自己的房间里,在床边上坐下,开始慢腾腾地脱衣服。他心情抑郁,仍旧有那么一种感觉在煎熬他,仿佛他吃了肥皂似的。他心中有愧。他脱完衣服,瞧了一会儿他那两条青筋突起的、老人的长腿,想起县里的人给他起了癞蛤蟆的诨名,想起他每次长谈以后总是感到难为情。不知怎么,像是命中注定似的,他开始倒还讲得温和,亲热,抱着善意,把自己叫作年老的大学生,理想主义者,堂吉诃德,可是渐渐地,就不知不觉转成辱骂和诽谤了。最惊人的是,虽然二十年来他连一本书也没读过,也没去过比省城更远的地方,实际上世上发生的事他全不知道;可是他却极其诚恳地批评科学、艺术、道德。如果他坐下来写点什么,哪怕是写一封道贺的信,也会写出骂人的话来。这一切是奇怪的,因为他实际上感情丰富,爱流眼泪。莫非有个魔鬼附在他身上,不顾他的本意叫他憎恨和诽谤吗?

"这真糟糕……"他说,盖上被子,叹气,"这真糟糕!"

女儿们也没有睡。可以听见又笑又叫的声音,仿佛在追赶一个什么人似的:这是任尼雅歇斯底里症发作了。过了一会儿,伊赖达也哭起来。赤脚的使女好几次跑过过道。……

"竟出了这样的事,主啊……"拉谢维奇嘟哝道,不住地叹气,在床上翻来覆去,"这真糟糕!"

他睡着以后做噩梦。他梦见自己赤身露体,站在房间中央,身量有长颈鹿那么高,伸出手指头往前面戳去,说:

"对准他的丑脸!对准他的丑脸!对准他的丑脸

骂一通!"

他吓得醒过来了。他头一件事就是想起昨天发生了一场误会,梅耶尔当然不会再来。他还想起该付银行利息,该给女儿出嫁,该有吃有喝,现在呢,只有疾病,苍老,不愉快的事,冬天很快就要来到,木柴却还没有。……

这时候已经是早晨九点多钟。拉谢维奇慢腾腾地穿衣服,喝足茶,吃下两大块涂了黄油的面包。女儿们没有出来喝茶,她们不愿意见他的面,这伤了他的心。他在书房里长沙发上躺了一会儿,然后挨着桌子坐下,着手给女儿们写信。他的手发抖,眼睛发痒。他写道,他已经老了,谁也不需要他,谁都不喜爱他了,他要求女儿们忘掉他,等他死了,就用一口普通的松木棺材埋葬他,用不着举行什么仪式,要不然,索性把他的尸体送到哈尔科夫的解剖室去。他觉得他笔下每一行字都冒出恶毒和做作的味道,可是他已经停不住笔,就一个劲儿地写下去,写下去。……

"癞蛤蟆!"隔壁房间里忽然传来叫喊声,这是大女儿的声音,愤慨的、咬牙切齿的声音,"癞蛤蟆!"

"癞蛤蟆!"小女儿跟着说,像回声一样,"癞蛤蟆!"

花匠头目的故事

某伯爵的花房里正在卖花。买主不多,只有我,我的邻居——一个地主和一个贩卖木材的年轻商人。当工人们把我们买的美丽的货物搬出去,装上板车的时候,我们就在花房门口坐下,东拉西扯起来。在四月里这种天气暖和的早晨,坐在花园里,听百鸟齐鸣,看花卉搬到露天底下晒太阳,那是非常愉快的。

那些植物由花匠米哈依尔·卡尔洛维奇亲自指挥着装上板车,他是一个令人敬重的老人,面容丰满,胡子剃光,只穿一件皮坎肩而没有穿上衣。他一直沉默着,其实他在听我们讲话,等我们说出点新奇的事情。他是个聪明的、很善良的、人人尊敬的人。不知什么缘故,大家都认为他是日耳曼人,其实他父亲是瑞典人血统,母亲则是俄国人血统,信奉东正教。他通晓俄语、瑞典语和德语,这几种语言的书他读过很多,再也没有比给他一本新书读,或者,例如,跟他谈一谈易卜生更能使他快乐的了。

他有弱点,然而是无关大体的弱点,比方说,他自称为花匠头目,其实他手下一个花匠也没有。他的神情异常尊严傲慢。他听不得反驳,喜欢人家严肃专心地听他讲话。

"我来给您介绍一下,那边那个家伙是个大坏蛋,"我的邻居指着一个工人说,那人长着黝黑的茨冈人的脸,坐在装着水桶的大车上,由此经过,"他犯抢劫罪,上个星期在城里受审,后来被释放了。他们认定他有精神病,可是您仔细瞧瞧他那副嘴脸吧,他非常健康嘛。近来在俄国,人们常常用病态和一时性起来解释一切,把坏蛋释放了;可是这种释放,这种明显的放任和姑息,却不会有好结果。这会败坏群众的道德,大家的正义感会变得麻木,因为人们看惯了作恶而不受惩罚。您要知道,关于我们这个时代,尽可以大胆引用莎士比亚的一句话:'在我们这个邪恶而堕落的时代,连美德都得向恶习讨饶。'①"

"这是实在的,这是实在的,"商人同意道,"由于法庭常常宣告无罪释放,杀人案和纵火案越来越多了。您去问问乡下人吧。"

花匠米哈依尔·卡尔洛维奇扭转身来对着我们说:

"讲到我,诸位先生,我却素来怀着欣喜的心情欢迎无罪释放的判决。每逢法庭宣告'无罪'的时候,我并不为道德担忧,也不为正义担忧,正好相反,我倒感到愉快。甚至我的良心对我说,陪审员们宣告犯人无

---

① 引自莎士比亚的悲剧《哈姆雷特》第三幕,第四场。——俄文本编者注

罪释放是犯了错误,哪怕在那种时候,我也还是高兴。你们自己想一想吧,诸位先生,如果法官们和陪审员们相信人胜过相信罪证、物证、言辞,那么这种对人的信心本身岂不就比任何世俗的看法崇高吗?(相信上帝并不难。宗教裁判所①的法官们也好,比伦②也好,阿拉克切耶夫③也好,都是相信上帝的。不,您得相信人!)这种信心只有少数了解基督和感觉到基督的人才会有。"

"这是个好思想。"我说。

"然而这不是新思想。我记得很久以前我甚至听到过有关这方面的一个传说。那倒是个很亲切的传说,"花匠说,微微一笑,"这传说是我故去的奶奶,我

---

① 13世纪天主教会侦察和审判"异端分子"的机构,对"异端分子"以及反对封建势力的人士,包括进步思想家和自然科学家,秘密审讯,严刑拷打。
② 比伦(1690—1772),德国反动集团首领,18世纪30年代篡夺了俄国宫廷的大权。
③ 阿拉克切耶夫(1769—1834),保罗一世和亚历山大一世时权势极大的专横残暴的宠臣。

父亲的母亲,讲给我听的,她是个很好的老妇人。她是用瑞典语讲话的,用俄语讲起来就不那么好听,不那么优雅了。"

可是我们请求他讲这个故事,不要顾虑俄语的粗俗。他很高兴,就慢腾腾地点上烟斗,生气地瞧一眼工人们,开口说:

"在一个小城里,住着一位上了年纪、孤孤单单、相貌不好看的先生,姓汤姆逊或者威尔逊,嗯,反正这没什么关系。问题不在于姓什么。他的职业高尚,他给人治病。他素来性情忧郁,不喜欢交际,只有在他的职业要求他说话的时候才开口。他不到任何人家里做客,跟任何人的交情都不超出默默地点一点头。他生活俭朴,像个苦行僧。问题在于他是个学者,在那时候学者跟普通人不同。他们日日夜夜观察,读书,治病,把别的一切统统看作庸俗的事情,没有时间说废话。城里的居民十分了解这一点,就极力不去拜访和空谈,免得惹他讨厌。他们都很高兴,因为上帝终于给他们送来了善于治病的人。他们想到他们的城里住着这么一个出色的人就感到骄傲。

"'他什么都懂。'他们总是这样谈到他。

"然而这样说还不够。还得再说一句:'他什么人都爱!'这个有学问的人,胸膛里跳着一颗美妙的、天使般的心。不管怎样,对他来说,这个城里的居民毕竟是外人,不是亲人,可是他爱他们像爱自己的孩子一样,为他们不惜牺牲性命。他自己害肺痨病,咳嗽,然而每逢有人来叫他看病,他总是忘了自己的病,从不顾惜自己,不管山有多高,也要喘着气爬上去。他不顾炎热和寒冷,不在乎饥饿和口渴。他不要钱,而且说来奇怪,每逢他的病人死掉,他总是同死人的亲属一起跟在棺材后面流泪。

"不久他就成为这个城里不可缺少的人了,居民们甚至暗暗惊奇,以前没有这个人他们怎么会过下来的。他们的感激是无边无际的。大人和孩子,好人和恶人,正人君子和市井无赖,一句话,所有的人都尊敬他,知道他的价值。在这个小城和附近一带,不但没有一个人会容许自己做出一点使他不愉快的事,甚至谁都不容许自己想到这种事。他外出的时候从来也不关门窗,完全相信,忍心欺负他的贼是没有的。他常常为了尽医生的责任而不得不在大道上行走,穿过树林,翻山越岭,在那种地方有许多饥饿的流浪汉出没,可是他觉得自己完全没有危险。有一天夜间,他从病人家里回来,在树林里碰到强盗来打劫,可是他们一认出他来,就在他面前恭恭敬敬地脱下帽子,问他要不要吃点东西。他说他吃饱了,他们就给他一件暖和的斗篷,一直把他送到城里,暗自庆幸命运总算给他们一个机会,让他们可以略略报答这个慷慨的人。嗯,当然,奶奶还说,就连马、牛、狗都认得他,一遇见他就现出高兴的样子。

"这个人似乎凭自己的圣洁保住自己,不受一切恶势力的侵害,就连强盗和疯子都对他抱有好感。不料,有一天早晨,人们发觉他被人打死了。他躺在峡谷里,满身是血,头盖骨被打碎了,苍白的脸上现出惊讶的神情。是的,他看见面前出现凶手的时候,凝固在他脸上的神情并不是恐惧,而是惊讶。现在你们可以想象城里城外的居民们那种悲痛的情景。大家都灰心绝望,不相信自己的眼睛了。他们问自己:谁能够杀害这个人呢?侦查人员和法医这样说:'我们看到凶杀案的一切迹象,然而由于世界上没有一个人能够杀害我们的医生,那么这看来不是凶杀案,各种迹象的总和都仅仅是普通的巧合。必须认为,这是医生在黑暗中自己失足跌进峡谷,因伤致命的。'

"全城的人都同意这个意见。大家就把医生下葬,从此谁也不提起他的暴亡。天下居然有人卑鄙歹毒到杀害医生,这似乎是无法叫人相信的。要知道,就连歹毒也总有个限度。不是吗?

"可是突然,你们再也想象不到,事有凑巧,凶手被发现了。人们看见一个多次受审而以生活放荡出名的无业游民,在酒店里拿出一个鼻烟盒和一块怀表换酒喝,这两样东西原是医生的。大家纷纷揭发他,他慌了,胡诌出一篇明显的谎话。大家就到他家里去搜查,在他床上找到一件衬衫,袖子上有血迹,还有一把放在镀金的刀鞘里的医生用的柳叶刀。这还用得着再找另外的罪证吗?他们把这个坏蛋送进监狱。居民们十分气愤,同时又说:

"'这真叫人不能相信!不可能有这种事!当心啊,可别弄错。是啊,有的时候罪证也靠不住!'

"在法庭上,凶手抵死不肯认罪。一切证据都对他不利,要证实他有罪就像证实这块土地是黑的那么容易。可是法官们似乎神志失常了,他们把每种罪证都考虑十来次,不大信任地瞧着证人们,涨红了脸,不住地喝水。……审问从一清早就开始,直到傍晚才完结。

"'被告!'审判长对凶手说,'法庭认为你犯了杀害某某医生的罪,判你……'

"审判长原要说'死刑',可是他丢掉手里那张写

着判决的文件,擦一擦冷汗,叫起来:

"'不行!如果我审问不公,那就让上帝惩罚我吧,总之我要赌咒:他没有罪!我不能设想,世界上居然有人敢于杀害我们的朋友和医生!人不能堕落得这么深!'

"'是的,这样的人是没有的。'别的法官同意道。

"'对!'人群叫道,'放了他吧!'

"凶手就此释放,完全自由了。没有一个人责备法官们审判不公。我的奶奶说,就连上帝也看在这种对人的信心上,饶恕了那个小城全体居民的罪过。上帝看到大家相信人是上帝的形象就高兴,如果大家忘记了人类的尊严,把人看得连狗都不如,上帝就伤心。就算这个宣告无罪的判决会给小城的居民带来损害,但是另一方面,你们想想看,这种对人的信心,反正不会成为死的东西,一定会对他们产生多么良好的影响。这种信心会在我们心中培养宽宏大量的感情,永远促使我们热爱和尊敬每一个人。每一个人!这才是要紧的。"

米哈依尔·卡尔洛维奇讲完了。我的邻居有心反驳他几句,可是花匠头目做出一个手势,表示他不喜欢反驳。然后,他就离开这儿,往板车那边走去,脸上现出庄严的神情,继续去干装车的事了。

香　槟

无赖汉的故事

　　我这个故事开头的那年,我正在我国西南一条铁路线上的一个小火车站上当站长。至于我在小火车站上生活得是快乐还是乏味,您只要想一想周围二十俄里①以内没有一户人家,没有一个女人,没有一家像样的酒店就可以明白了。我当时正年轻力壮,血气方刚,办事任性,头脑糊涂。唯一的消遣只

---

① 1俄里等于1.06公里。

有观赏客车的车窗,喝那种由犹太人掺了麻醉剂的下等白酒。往往,车窗里闪过一个女人的头,我就呆呆地站住,跟一尊塑像似的,气也透不出来,凝神细看,直到那列火车变成一个几乎看不清的黑点才罢休。要不然我就尽量灌那种难于下咽的白酒,喝得头昏脑涨感觉不到一个个钟头和漫长的日子怎样过去。那儿的草原,在我这个生长在北方的人眼里,好比鞑靼人的荒芜的墓园。夏天,草原上一片庄严的宁静,螽斯单调地叫着,晶莹的月光叫人无处藏身,这些都使我心绪沮丧而忧伤。冬天呢,那片没有一丝污迹的白色草原,寒冷的远方,漫漫的长夜,豺狼的嗥叫,就像噩梦一样压在我心上。

这个小火车站上住着几个人:我和我的妻子,还有一个病弱而耳聋的电报员和三个看守。我的助手是个害痨病的年轻人,常到城里去治病,在那儿一住几个月,把他的职务同使用他薪金的权利一齐交给我了。我没有孩子,至于客人,那是用任什么东西也没法引上我的家门的。我自己只能到沿线的同事家里去做客,而且就连这种做客,一个月也顶多只有一回。总之生活乏味极了。

我记得,我正跟我妻子一块儿过年。我们在桌旁坐着,懒洋洋地嚼东西,听耳聋的电报员在隔壁房间里按电报机而发出的单调响声。我已经喝过五杯掺麻醉剂的白酒,用拳头支住我沉甸甸的脑袋,想着我那种没法克制和摆脱不了的烦闷,可是我妻子坐在我旁边,眼睛紧盯着我的脸。她凝神瞧着我,只有世界上除了漂亮的丈夫以外什么也没有的女人才会这样瞧我。她痴心地爱我,像奴隶一样,不但爱我英俊的外貌或者灵魂,而且爱我的罪恶,爱我的怨恨和烦闷。就连我发酒疯,不知道该拿谁出气,便把她痛骂一阵,她也还是爱我这种残忍。

尽管烦闷折磨我,我们却带着不同寻常的欢喜心情准备过年,有点焦急地盼望午夜到来。事情是这样,我们家里收藏着两瓶香槟,是真正的货色,酒瓶上贴着

"寡妇克利科"①的标签。这点宝藏还是秋天我到段长家里去参加洗礼宴,跟段长打了个赌而赢到手的。从前我在学校里上数学课,往往感到闷得慌,仿佛连空气都凝固了,不料有一只蝴蝶忽然从院子里飞进教室来,顽皮的男孩们就摇一下头,开始好奇地瞧着它飞,好像他们看见的不是蝴蝶,而是一个什么新颖奇特的东西似的,如今这两瓶普通香槟偶然落到我们这个枯燥乏味的小车站上来,也同样会给我们解闷。我们一句话也不说,时而瞧着钟,时而瞧着酒瓶。

等到时针指着十一点五十五分,我就动手慢慢地开瓶塞。不知道是因为我喝多了白酒而没有力气呢,还是因为酒瓶太湿,总之,我只记得瓶塞刚刚啪的一声飞上天花板,那个酒瓶却从我手里滑下来,掉到地板上了。泼出去的酒至多不过一杯,因为我总算赶紧抓住酒瓶,用手指头按住冒沫子的瓶口。

---

① 这是法国一家出售香槟酒的商号的名称。——俄文本编者注

美 人 集

"好,恭贺新禧,祝你得到新的幸福!"我斟上两大杯酒说,"喝吧!"

我妻子接过酒杯,用惊慌的眼睛凝神看着我。她的脸变得苍白,现出恐惧的神情。

"你把酒瓶掉在地下了?"她问。

"是的,掉在地下了。怎么,这有什么关系?"

"这不吉利啊,"她说着,放下酒杯,脸色越发白了,"这可是个不吉利的兆头。这是说我们今年要遇上什么不好的事。"

"你也真婆婆妈妈的!"我叹道,"你是个有知识的女人,却像老保姆似的胡说起来。喝吧。"

"求上帝保佑我是胡说才好,不过……一定会出事的!瞧着吧!"

她甚至没让嘴唇沾一沾她的酒杯,就走到一旁去,沉思不语。我说了几句反驳迷信的老套头,喝下半瓶香槟,从这个墙角走到那个墙角,然后走出去了。

外面正是宁静的寒夜,现出一派冰冷而阴森的美。

月亮和它旁边两朵松软的白云高挂在小车站的上空,一动也不动,像是粘在那儿了,仿佛在等什么东西似的。它们洒下淡淡的清辉,温柔地抚摸白色的大地,似乎生怕触犯它的羞涩。那种亮光照亮了一切:雪堆,铁路的路堤……四下里静悄悄的。

我沿着路堤走去。

"蠢女人!"我瞧着布满繁星的天空,暗自想着,"即使承认兆头有时候会应验,我们又会发生什么不吉利的事呢?过去经历过的和目前存在着的不幸已经很重,很难想象还会有什么更糟的情形了。鱼既然已经落网,下了油锅,加好作料,送到饭桌上,那么它还能遭到什么更大的灾难呢?"

一棵高高的杨树披着重霜,出现在淡蓝色的幽暗里,活像一个穿着白布尸衣的巨人。它严峻而沮丧地瞧着我,仿佛跟我一样了解自己的寂寞。我看了它很久。

"我的青春白白地断送了,如同没有用处的烟蒂一样。"我接着想,"我还是小孩子的时候,父母就去世了。我原在中学念书,后来被开除出来。我出生在贵族家庭,可是没有受到教育,没有教养,我的知识不会比哪个加油工人多。我没有安身的地方,没有亲戚,也没有朋友,更没有我喜爱的工作。我任什么本事也没有,在这年富力强的时候只好跑到这个小车站来做站长。我这一辈子除了失意和灾难以外什么也没经历过。那么还会发生什么不吉利的事呢?"

远处出现一个红色的亮光。一列火车迎着我开过来。沉睡的草原听着列车的隆隆声。我的思想那么沉痛,我觉得就连我的思想也好像在发出声音,那电线的嗡嗡声和列车的隆隆声仿佛就在表达我的思想。

"那么还会发生什么不吉利的事呢?我的妻子会死掉?"我问自己,"这也并不可怕。人是瞒不过自己良心的:我并不爱我的妻子!我还是个孩子的时候,就跟她结了婚。现在,我年轻力壮,她呢,却憔悴、衰老、愚蠢了,满脑子的世俗之见。她那种肉麻的爱情、干瘪的胸脯、凝滞的目光还谈得上什么美妙？我只是将就着跟她过下去罢了，可是并不爱她。那么会发生什么事呢？我的青春白白断送了，就像俗语所说的，连一小撮鼻烟也没换来。女人只在火车的车窗里露面，从我面前闪过去，像流星一样。爱情过去没有，现在也还是没有。我的勇气、胆量、热忱都白白糟蹋了。……一切都化为灰尘，我在这草原上的财富连一个小铜钱也不值。"

列车隆隆响着从我面前飞过去，车窗里红色的灯光漠不关心地照着我。我看见它在小车站的绿灯旁边停住，歇了一会儿又往前开去。我走了两俄里光景，又往回走。凄凉的思想没有离开我。尽管这在我是痛苦的，然而我记得我当时似乎还极力把我的思想弄得更凄凉，更阴暗。您知道，凡是思想浅薄而自命不凡的人往往在感到自己不幸的时候反而得到某种愉快，他们甚至在自己面前卖弄自己的痛苦呢。我的思想有许多是真实的，可也有许多是荒唐的，带着夸耀的意味，我那句问话"那么还会发生什么不吉利的事呢"就有一种孩子气的逞强意味。

"是啊,到底会发生什么事呢?"我在回家的路上问自己,"我觉得我什么事都经历过了。我害过病,损失过许多钱,每天受到上司的申斥,挨着饿,还有一条疯狼常跑到小车站的院子里来。还会出什么事呢?我受过侮辱,受过委屈……而且我自己有的时候也侮辱别人。也许只有没做过罪犯了,不过我觉得我是不会犯罪的,上法院我倒并不怕。"

两朵白云已经离开月亮,停在远处,看上去它们好像在悄悄说着什么不能让月亮知道的话。微风吹过草原,带着那列远去的火车重浊的隆隆声。

我的妻子在我们家门口迎接我。她的眼睛里含着快乐的笑意,整个脸上显出高兴的神情。

"我们家里出了新鲜事儿!"她小声说,"你赶快回到你的房间去,换上一身新衣服。我们家里来客人了!"

"什么客人?"

"舅母娜达里雅·彼得罗芙娜刚刚坐火车来了。"

"哪个娜达里雅·彼得罗芙娜?"

"就是我舅舅谢敏·费多雷奇的妻子。你不认识她。她是个十分善良的好女人。……"

大概我皱起了眉头,因为我妻子做出严肃的面容,很快地小声说:

"当然,她来得未免古怪,不过你,尼古拉,也别生气,待她厚道点。要知道她很凄惨。舅舅谢敏·费多雷奇实际上是个暴君,脾气凶恶,跟她很难相处。她说,她在我们这儿只住三天,接到她哥哥来信以后就走。"

我妻子另外还对我小声说了不少废话,唠叨很久,讲到她那专横的舅舅,讲到一般人,特别是年轻的妻子的弱点,讲到我们有责任给所有的人提供栖身的地方,哪怕他们是大罪人也一样,等等。我简直什么也没听明白,就穿上新衣服,去跟"舅母"相见了。

美 人 集

桌旁坐着个小女人,生着一对又大又黑的眼睛。这个新来的女人年轻、美丽、轻佻,发散着一种撩人的香气,我的桌子、灰色的墙壁、粗糙的长沙发……总之一切东西,直到最小的一粒灰尘为止,似乎都因为有这个人在场而显得年轻了,快活了。讲到我们的客人轻佻,我是凭她的微笑,凭她的香气,凭她看人的时候睫毛颤动的特别神态,凭她跟我妻子这个正派的女人讲话的口吻体会出来的。……我妻子用不着对我说,我就知道这女人是从丈夫那儿逃出来的,她丈夫又老又蛮横,她善良而快活。我看头一眼就全明白了,再者在欧洲也未必会有一个男人不善于一眼认出具有某种气质的女人吧。

"我不知道我有这么大的一个侄女婿呢!"舅母对我伸出手来,微微笑着说。

"我也不知道我有这么一个漂亮的舅母呢!"我说。

我们就又开晚饭。第二瓶香槟的软塞啪的一声飞起来,我那个舅母一口气喝下半杯,而且趁我妻子出去一会儿,不再拘礼,喝下满满一杯。我呢,由于喝了酒,也由于有这个女人在场,醉了。您记得那支抒情歌曲吗?

> 乌黑的眼睛,深情的眼睛,
>
> 炽热而美丽的眼睛啊,
>
> 我多么爱您,
>
> 又多么怕您![1]

我不记得后来的事了。凡是想知道爱情是怎样开始的人,就请他去读长篇小说和冗长的中篇小说吧。我却不想多说,只想仍旧引用那首愚蠢的抒情歌曲的句子了:

> 看起来,我遇见您,
>
> 是在不吉利的时辰。……

---

[1] 这是一支根据乌克兰诗人格烈宾卡(1812—1848)的抒情诗《乌黑的眼睛,深情的眼睛》谱成的抒情歌曲。——俄文本编者注

美　人　集

　　一切都土崩瓦解,天翻地覆。我记得那时候起了一场可怕而疯狂的飓风,把我像一片羽毛似的卷进去了。这场飓风刮了很久,从地面上扫掉我的妻子、我的舅母、我的精力。您看得明白,它把我从那个草原的小火车站上抛到这条幽暗的街道上来了。

　　现在请您说一说:我还会发生什么不吉利的事呢?

某小姐的故事

九年以前,在割草的季节,有一天将近傍晚,我和法院的代理侦讯官彼得·谢尔盖伊奇骑着马到火车站去取信。

天气晴和,然而在回来的路上却响起隆隆的雷声,我们看见愤怒的乌云直奔我们来了。乌云一步步拢到我们这边来,我们也一步步拢到它跟前去。

我们的房子和教堂,衬着乌云的背景,呈现一片白色,高高的杨树像银子那样发亮。空中弥漫着雨水的气味和刚割下的干草的清香。我的同伴精神饱满。他笑个不停,说种种荒唐的话。他说,要是我们在路上忽然碰见一个中世纪的城堡,有齿形的尖塔,有青苔,有猫头鹰,而我们跑进去避雨,最后却被雷劈死,那倒也不坏呢。……

然而这时候第一个浪头卷过黑麦,卷过燕麦田,大风起来了,灰尘在空中旋转。彼得·谢尔盖伊奇大笑起来,用马刺刺马,叫它快跑。

"好啊!"他叫道,"好极了!"

我受到他的欢乐的感染,又想到马上就要淋得周身湿透,说不定还会被雷劈死,就也笑起来。

这场狂风以及这种纵马疾驰,弄得人连气也透不出来,只觉得像鸟一样飞翔,心情激动,胸膛里痒酥酥的。等我们走进我们的院子,风倒停下来了,大颗的雨点敲打着青草和房顶。马房旁边连一个人影也没有。

彼得·谢尔盖伊奇亲自卸下马嚼子,把两匹马牵到马栏里。我站在门口瞧着斜飘的雨丝,等他做完那些事。甜香撩人的干草气味在这儿比在田野上还要浓郁。天上有了乌云,下着大雨,天色就暗下来了。

"嘿,好一个霹雳!"彼得·谢尔盖伊奇走到我跟前,说,刚才,天上轰隆一响,打了一个很响的霹雳,仿佛天空裂成两半了似的,"怎么样?"

他在门口跟我并排站着,他刚刚骑马飞奔一阵,累得喘吁吁的。他瞧着我,我发觉他看得出了神。

"娜达丽雅·符拉季米罗芙娜,"他说,"我情愿牺牲一切,只要能照这样多站一会儿,瞧着您就行。今天您真美。"

他的眼睛露出欣喜和恳求的神情,脸色发白,胡子和唇髭上闪着雨珠,就连那些雨珠也好像带着热爱看着我似的。

"我爱您,"他说,"我爱您,我看见您就感到幸福。我知道您不可能做我的妻子,不过我也不巴望什么,也不需求什么,只求您知道我爱您就行。您不用说话,不用回答我,不要理会我,只求您知道我把您看得多么宝贵,容许我瞧着您就行了。"

他的痴迷也感染了我。我瞧着他那痴迷的脸,听着他那跟哗哗的雨声混在一起的说话声,像是着了魔,动不得了。

我一心想永远瞧着他那对亮晶晶的眼睛,听着他讲话。

"您不说话,这才好!"彼得·谢尔盖伊奇说,"索性不要说话吧。"

我觉得心头舒畅。我高兴得笑起来,冒着倾盆大雨跑到正房去。他也笑起来,蹦啊跳的,跟着我跑过来。

我们两人淋湿了衣服,喘着气跑上楼去,像小孩那样闹出一片响声,冲进了房间。我父亲和哥哥平素很少看见我这么笑过,这么高兴过,现在惊讶地瞧着我,也笑起来。

雨云过去了,雷声停了,可是雨珠仍然在彼得·谢尔盖伊奇的胡子上闪亮。整个傍晚,到吃饭为止,他一直唱歌,打呼哨,跟狗闹着玩,追着狗在各处房间里乱跑,差点把送茶炊来的仆人碰倒。用晚饭时候,他吃得很多,讲了许多蠢话,口口声声说冬天吃过鲜黄瓜,嘴里就会有春天的气息。

临睡的时候,我点上一支蜡烛,推开窗子,心中充满了一种说不清的感觉。我想到我自由、健康,门第高贵,家境富裕,想到我被人爱着,而主要的是我门第高贵而家境富裕,家境富裕而门第高贵,这多么好啊,我的上帝!……后来,花园里有一股轻微的凉气随着露水飘到我身边来,我就在床上缩起身子,极力要弄明白我爱不爱彼得·谢尔盖伊奇。……可是我什么也没弄明白就睡着了。

第二天早晨,临到我在床上看见阳光颤抖的斑点和菩提树枝的阴影,昨天的事就在我的记忆里栩栩如生地复活了。我觉得生活丰富多彩,充满了魅力。我嘴里哼着歌,赶快穿好衣服,跑进花园去了。……

后来怎么样呢?后来什么也没有。冬天我们住在城里,彼得·谢尔盖伊奇偶尔到我们家来。乡间的朋友只有在夏天,在乡间才可爱,到冬天,在城里,他们就失去了一半的魅力。在城里请他们喝茶,你就会觉得他们好像穿着别人的衣服,他们用匙子搅茶也似乎搅得太久了。彼得·谢尔盖伊奇在城里间或也提到爱情,然而那情形跟在乡间完全不一样。在城里我们比较明确地感到那道隔开我们的墙:我门第高贵而家境富裕,他却穷,甚至也不是贵族,不过是个助祭的儿子,代理侦讯官而已。我们两个人都认为这堵墙很高很厚,我是因为年轻才这样想,他呢,那就只有上帝才知道是什么缘故了。在城里,他到我们家里来,总是带着勉强的笑容批评上层社会,遇到客厅里有外人在座,他总是拉长了脸,保持沉默。没有一堵墙是打不破的,然而现代恋爱中的男主角,就我所知道的来说,都太胆怯,怕事,懒散,多疑,很快就安于一种想法:他们是失意者,他们的生活欺骗了他们;他们并不斗争,只限于批评,说这个世界庸俗,却忘了他们的批评本身也在渐渐变成一种庸俗的现象。

我被人爱着,幸福近在眼前,似乎已经跟我肩并肩了。我生活得轻松自在,不想努力了解自己,也不知道我期望什么,对生活要求什么,可是光阴却在不断地流逝。……很多人怀着爱情走过我面前,明亮的白昼和温暖的黑夜一个接一个闪过去,夜莺歌唱,干草冒出清香,所有这些在回忆中显得可爱而出色的东西,当时却从我身边,如同从一切人身边那样,很快地掠过去,没有留下痕迹,没有受到重视,就像云雾一般消散了。……它们都到哪儿去了?

我的父亲死了,我年纪大了。凡是为我喜爱过而且给过我温暖和希望的东西,例如哗哗的雨声、隆隆的雷鸣、幸福的想法、爱情的谈话等,都已经完全成为回忆,我只看见前面一片平坦而荒凉的远方,在这块平原上连一个活人也没有,地平线上是那么阴暗、可怕。……

这时候门铃声响了。……这是彼得·谢尔盖伊奇来了。每逢我冬天看到树木而想起夏天它们曾经为我

变得碧绿,我总是小声说:

"唉,亲爱的!"

每逢我看见跟我一起度过我的春天的人,我总会变得忧郁,心头热乎乎的,小声说着同样的那句话。

他早已由我父亲疏通,调到城里来任职了。他有点苍老,有点消瘦。他早已不诉说他的爱情,不讲荒唐话了。他不喜欢他的职务,得了一种什么病,为一些事情失望,对生活厌倦,无精打采地活下去。这时候他坐在壁炉旁边,默默地看着炉火。……我不知道该说什么好,就问道:

"哦,怎么样?"

"没什么……"他回答说。

又是沉默。红红的火光在他悲伤的脸上跳动。

我想起过去,忽然我的肩膀颤动起来,我的头垂下去,我辛酸地哭了。我为我自己,也为这个人,难过得不得了,热烈地向往那种已经过去的东西,向往现在生活拒绝给予我们的东西。现在我不再想到我门第高贵而且家境富裕了。

我大声哭泣,两手按着太阳穴,嘴里念叨说:

"我的上帝,我的上帝啊,我的生活毁掉了。……"

可是他坐在那儿,一声不响,并没对我说:"不要哭了。"他明白我不能不哭,明白我到哭的时候了。我从他的眼睛里看出他怜惜我。我也怜惜他,而且暗自气恼这个胆怯的失意者,怪他没有能够为他自己也没有能够为我建立美好的生活。

我送他出去,他在前厅穿上皮大衣,依我看来,他故意穿得很久。他两次默默地吻我的手,朝我泪痕斑斑的脸看了很久。我想他这时候必是想起了那雷声、那雨丝、我们的笑声、我那时候的面容。他有心对我说一句什么话,很愿意把它说出口,可是他什么也没说,光是摇摇头,使劲握一握我的手。求上帝保佑他吧!

我把他送出门,然后回到书房里,又在壁炉前面的地毯上坐下。烧红的木柴蒙着薄薄一层灰烬,开始熄灭。寒气越发愤怒地扑打窗子,风在壁炉的烟囱里唱着一支什么歌。

　　一个使女走进来,以为我睡着了,就叫了我一声。……

邂 逅

> 为什么他生着亮晶晶的眼睛,小小的耳朵,几乎滚圆的脑袋,就跟顶顶凶残的猛兽一样?
>
> 马克西莫夫[①]

叶甫烈木·杰尼索夫愁闷地在空旷的土地上往四下里看。他口渴得难受,四肢酸痛。他的马也让炎阳晒着,筋疲力尽,很久没有吃东西,悲哀地垂下头。道

[①] 马克西莫夫(1831—1901),俄国作家,民族志学家。

美 人 集

路沿着高冈上一道不陡的斜坡滑下来,钻进一大片针叶林。远处的树顶跟蓝天连成一片,一眼望去,只能看见鸟儿懒散的飞翔以及空气的颤抖,这在十分炎热的夏日是常有的现象。树林像梯子那样一层高过一层,越远越高,仿佛这个可怕的绿色怪物没有尽头似的。

叶甫烈木从库尔斯克省他家乡的那个村子里赶着大车出来,为一个焚毁的教堂募集款项,以便重修。大车上放着喀山圣母的神像,经过雨淋日晒,已经有点褪色和斑驳了。神像前面放着一个白铁的大捐款箱,箱子四边往里凹进去,箱子盖上开着一个大口,大得足能塞进一块不小的黑麦蜜糖饼干。大车后面钉着一块白牌子,上面写着印刷体的大字,说某年某月某日玛里诺甫齐村内"出于上帝意旨,忽降大火,教堂焚毁",经村社大会议决,并经有关当局批准,兹特派遣"热心赞助人士"四出募集款项,以便重修教堂云云。大车旁边的横木上挂着一口二十俄斤重的钟。

叶甫烈木怎么也弄不清自己来到什么地方了。大路前面那片广大的树林没有任何迹象向他表明附近有什么人家。他呆站了一会儿,整一整皮马套,开始小心地赶着车子下坡。大车颠动一下,钟就发出响声,一时间打破了炎热的白昼那种死气沉沉的寂静。

在树林里等着叶甫烈木的是稠密闷人的空气,充满针叶、青苔、腐烂的树叶的气味。在这儿可以听见缠扰不休的蚊子的尖细哀叫声和这个行人低沉的脚步声。阳光从树叶之间射下来,滑过树干,滑过下面的枝子,落在密密层层铺着松针的黑色土地上,成为一小圈一小圈的光点。树干旁边,这儿那儿点缀着羊齿和可怜的岩悬钩子,此外就什么也没有了。

叶甫烈木在大车旁边走动,赶着那匹马,叫它快点走。偶尔,车轮轧过一条像蛇那样横穿大路的树根,那口钟就发出悲怆的叮当声,仿佛它也想休息了。

"你好,大叔!"叶甫烈木忽然听见一个尖厉的喊叫声,"路上平安!"

原来路旁躺着个长腿的农民,头枕在一个蚁冢上,

美　人　集

年纪三十岁上下,穿一件印花布衬衫和一条并非农民样式的瘦裤子,裤腿塞在褪色的短靴筒里。他脑袋旁边放着一顶文官制帽,完全褪了色,只有凭帽章留下的那块圆斑才能猜出这顶帽子本来是什么颜色。农民躺在那儿很不安静,在叶甫烈木瞧着他的那段时间,他不是扬起胳膊就是踢起腿,仿佛蚊子不住叮他,或者身上痒得忍不住似的。不过,他的服装也好,他的动作也好,都不及他的脸那么古怪。叶甫烈木一辈子也没见过这样的脸。他面色苍白,头发稀疏,下巴翘起来,脑门上披着额发,那张脸的侧影活像一弯新月。他的鼻子和耳朵小得出奇,眼睛一眨也不眨,呆呆地看着一个地方不动,像是傻子或者受惊的人。给这张古怪的脸添上最后一笔的是,他整个脑袋似乎从两边往里挤扁,因而后脑壳往后突出,成了整齐的半圆形。

"教友,"叶甫烈木对他说,"这儿离村子还远吗?"

"不,不远。离玛洛耶村只有五俄里左右了。"

"我口渴极了!"

"怎么会不口渴!"古怪的农民说,冷冷一笑,"热得不得了!大概热到五十度了,或者还不止。……你叫什么名字?"

"叶甫烈木,小伙子。……"

"哦,我叫库兹玛。……你也许听到过媒婆爱说的那句话:我那库兹玛要成家,随便哪个姑娘都愿意嫁。"

库兹玛伸出一条腿,踩在车轮上,把嘴唇凑过去吻了吻神像。

"你要走远路吗?"他问。

"要走远路,教友!我已经到过库尔斯克,连莫斯科都去过,如今到下诺夫戈罗德去赶市集。"

"你在募款修教堂?"

"修教堂,小伙子。……为喀山圣母修教堂。……教堂烧掉了!"

"怎么会烧掉的?"

美 人 集

叶甫烈木懒洋洋地转动舌头,讲起在伊里亚节①前,他们玛里诺甫齐村的教堂遭到雷击,起了火。事有凑巧,农民们和教士们正好在田野里。

"留在村里的小伙子看见冒烟,想敲警钟,可是大概先知伊里亚发了脾气,教堂的门锁着,整个钟楼统统被浓烟围住,所以没法打警钟。……等我们从田里回来,我的上帝,啊,教堂已经烧成一片火海,谁也不敢走到它跟前去了!"

库兹玛跟他并排走着,听他讲话。他没有喝酒,然而他走路却像是喝醉了酒,胳膊摇晃着,时而在大车旁边走,时而抢到大车前面去。……

"嗯,你怎么样?你是拿工钱还是怎么的?"他问。

"我拿什么工钱!我出来是为了拯救自己的灵魂,由村社派来的。……"

"这样说,你是白出来一趟?"

---

① 东正教节日,在8月2日。

"可谁会给我钱呢?我不是自己高兴才出来的,是村社派我出来的,不过话说回来,村社要替我收粮食,种黑麦,缴田赋。……所以也不能算是白跑!"

"那你自己靠什么生活呢?"

"讨饭。"

"你这匹骟马是村社的?"

"是村社的。……"

"那么,大叔。……你有烟吗?"

"我不抽烟,小伙子。"

"要是你的马死了,那你怎么办?你怎么赶路呢?"

"它怎么会死呢?死不了。……"

"那么要是有……强盗来打劫你呢?"

饶舌的库兹玛还问了许多:如果叶甫烈木死了,这钱和马怎么办呢?万一捐款箱装满了,那人家还把钱往哪儿放呢?万一捐款箱的底掉下来,那怎么办呢?等等。叶甫烈木来不及答话,只有喘气的份儿,他惊奇地瞧着他的旅伴。

"你这个东西可是个大肚子汉!"库兹玛用拳头碰了碰那只捐款箱,唠叨说,"嘿,重得很!大概银卢布有不少吧,啊?说不定这里头全是银卢布?喂,你一路上募了很多钱吗?"

"我没数过,我不知道。人家放进去的既有铜板,也有银卢布,一共有多少,我就不知道了。"

"也有人往里放钞票吗?"

"那些上流人,地主和商人,才给钞票。"

"哦?捐款箱里也有钞票?"

"不,钞票怎么能放在捐款箱里?钞票是软的,容易扯坏。……我把它揣在怀里了。"

"那你募到很多钞票吗?"

"募到二十六卢布。"

"二十六卢布的钞票!"库兹玛说,耸耸肩膀,"我们卡恰勃罗沃村修过一所教堂,随你去问谁,光是打图样就花了三千,好家伙!你那点钱买钉子都不够哟。

这年月，二十六卢布简直不值一提！……如今啊，老兄，花一个半卢布买一俄磅茶叶，还嫌喝不上口呢。……比方说，你瞧，我抽这种烟。……这种烟我抽着还合适，因为我是庄稼汉，普通人，要是换了军官或者大学生……"

库兹玛突然把两只手一拍，微笑着，继续说：

"当初在拘留所里有个铁路上的日耳曼人跟我们关在一起，他呀，大叔，抽十个戈比一支的雪茄烟！啊？十个戈比一支呀！照这样，大叔，一个月就得抽掉一百卢布！"

库兹玛给这种愉快的回忆弄得气也透不出来，咳了一声，他那对发呆的眼睛开始眨巴了。

"莫非你在拘留所待过？"叶甫烈木问。

"待过，"库兹玛回答说，眼睛瞧着天空，"昨天才把我放出来。关了整整一个月。"

黄昏来临，太阳落下去，可是溽暑没有减退。叶甫烈木筋疲力尽，几乎没有听库兹玛在说什么。不过后来，他们终于碰见一个农民，他说离玛洛耶村只有一俄里路了。过了一会儿，大车驶出树林，前面出现一大块草地。仿佛有谁施了魔法似的，两个行人面前展开一幅活泼的画面，充满亮光和声音。大车照直闯进一群牛羊和腿上套着绳索的马当中去了。这群牲口后面是绿油油的草地、黑麦、大麦以及白花花的荞麦花，再远一点就可以看见玛洛耶村和一座黑乎乎的、仿佛压扁了的教堂。村子后面，远处，又是层层叠叠的树林，这时候看上去黑压压的一片。

"到玛洛耶村了！"库兹玛说，"这儿的庄稼汉生活得挺好，可都是些强盗。"

叶甫烈木脱掉帽子，敲响那口钟。本来站在村头一口井旁边的两个农民立刻离开那口井，走过来，吻一下神像。然后开始了照例的盘问：你到哪儿去？从哪儿来？

"好，亲人，给上帝的仆人一点水喝吧！"库兹玛唠叨说，拍一下这个人的肩膀，又拍一下那个人的肩膀，

"快点!"

"我算是你的什么亲人?怎么会是亲人呢?"

"哈哈哈!你们的神甫跟我们的神甫是叔伯神甫!你的老婆揪着我爷爷的头发,从红村往外拉!"

大车穿过全村,库兹玛一路上不知疲倦地唠叨着,不论碰见什么人都要嘻嘻哈哈闹一阵。他摘掉这个人的帽子,用拳头顶一下那个人的肚子,揪一下另一个人的胡子。他见了女人就叫心肝、宝贝儿、小母亲,见了男人总是按他们各自的特点叫他们红毛鬼、栗色马、大鼻子、独眼龙等等。这些玩笑总是引起极其活泼而真诚的笑声。库兹玛很快交了许多朋友。到处可以听见招呼声:"喂,库兹玛轮轴!""你好,吊死鬼!""你是什么时候从监狱里出来的?"

"喂,你们给上帝的仆人一点钱吧!"库兹玛唠唠叨叨,挥动胳膊,"快点!麻利点!"

他神气活现,大声喊叫,倒好像他把那个上帝的仆人置于他的保护下,或者他成了上帝的仆人的向导似的。

叶甫烈木给人领到阿芙多契雅老奶奶的小木房里去过夜,朝圣者和过路人照例在她那儿歇脚。叶甫烈木不慌不忙地卸下马,牵着它到井边去饮水,在那儿跟农民们闲谈了半个钟头,然后走回来休息。库兹玛正在小木房里等他。

"啊,来了!"那个古怪的农民高兴地说,"你到饭铺里去喝茶吗?"

"喝茶……那倒不错,"叶甫烈木说,搔搔头皮,"那倒不错,可是没有钱啊,小伙子。莫非你请客?"

"请客。……可是哪儿来的钱呢?"

库兹玛站了一会儿,大失所望,沉思着坐下。叶甫烈木笨拙地转动身子,叹气,搔痒,把神像和捐款箱放在屋里的神像下面,脱掉衣服和鞋,坐了一会儿,然后站起来,把捐款箱又搬到一条长凳上,再坐下,开始吃东西。他嚼得很慢,就跟奶牛咀嚼反刍的食物一样,大声喝水。

"我们穷啊!"库兹玛叹道,"现在该喝点酒……喝点茶才好。……"

黄昏微弱的亮光从临街的两扇小窗子里射进来。巨大的阴影已经落在村子上,那些小木房的颜色发黑了。教堂笼罩在昏暗当中,显得横里放宽,陷进地里去了。……淡淡的红光,大概是晚霞的反照,在教堂的十字架上温存地眨眼。叶甫烈木吃完东西,呆呆地坐了很久,合起双手放在膝头上,眼睛看着窗外。他在想什么呢?人在傍晚的寂静中,看见面前只有昏暗的窗子,看见窗外的大自然正悄悄地消失,听见远处陌生的狗发出粗哑的吠声,听见生人的手风琴奏出微弱的尖叫声,是很难不思念故乡的老家的。凡是在外漂泊的人,凡是出于需要,出于不得已,出于奇想而离乡背井的人,都知道外地乡村里那种寂静的傍晚是多么漫长,多么恼人。

后来,叶甫烈木在自己的神像面前站了很久,做祷告。他在长凳上躺下,叹一口气,仿佛不情愿开口似的说道：

"你这个人不像样子。……究竟你是什么路数，上帝才知道。……"

"怎么？"

"是这样。……你不像一个真正的人。……你龇着牙笑，胡说八道，而且，你又刚从拘留所里出来。……"

"那有什么了不得的！有的时候，就连上流的老爷也关进拘留所。……大叔，坐拘留所算不了什么，那是小事一桩，哪怕关一年也无所谓，不过要是坐了大牢，那就糟了。说老实话，我大约坐过三次大牢，而且没有一个星期不在乡公所里挨一次打。……大家都恨我，那些该死的家伙。……村社打算把我流放到西伯利亚去。他们已经做出这样的决定了。"

"这可怎么好！"

"我怕什么？在西伯利亚，人也照样活着。"

"你爹娘都在吗？"

"去他们的！他们都还活着，没有咽气。……"

"可是谁来孝敬你爹娘呢？"

"随他们去。……我心里明白，他们是我头一号对头和灾星。是谁挑唆村社跟我为难的？就是他们和斯捷潘叔叔。另外没有别人了。"

"你懂得什么，傻瓜。……你们的村社用不着你叔叔斯捷潘说什么就能知道你是哪号人。可是，这儿的庄稼汉为什么管你叫吊死鬼呢？"

"我小时候，我们村里的庄稼汉差点把我打死。他们用绳子套着我的脖子，把我吊在一棵树上，这些该死的家伙，可是幸好有些叶尔莫林诺村的农民路过，才把我救下来。……"

"真是害群之马啊！……"叶甫烈木说着，叹口气。

他把脸转过去对着墙，很快就打起鼾来。

午夜他醒过来去照看他的马，库兹玛不在屋里。在敞开的门口，站着一条白色的奶牛，从门外探头往里看,用犄角撞门框。狗睡了。……空中静寂而安宁。远处,在夜影的那一边,有一只长脚秧鸡在夜晚的寂静里叫唤,一只猫头鹰拖长声音在哀鸣。

天亮,他第二次醒来,却看见库兹玛坐在桌旁一条长凳上,想什么心事。他苍白的脸上现出醺醉而安乐的笑容,久久不散。他那扁平的脑袋里有些畅快的思想在漫游,使得他兴奋。他老是吐气,好像刚爬过山,累得直喘似的。

"啊,上帝的仆人!"他发现叶甫烈木醒来,笑着说,"要吃白面包吗?"

"你上哪儿去了?"叶甫烈木问。

"嘻嘻!"库兹玛笑了,"嘻嘻!"

他带着一直不变的古怪笑容发出十来回"嘻嘻"的笑声,最后大笑起来,身子都摇晃了。

"我喝……喝茶去了,"他笑着说,"我喝……喝酒去了!"

他啰啰唆唆讲得很长,说起他怎样在饭铺里跟外来的赶大车的喝茶,喝白酒。他一面讲,一面从口袋里取出一盒火柴、一包四分之一俄斤的烟草、一些面包圈。……

"这是瑞典火柴,你看!咝的一声!"他说着,一连划亮好几根火柴,点上一支纸烟,"瑞典火柴,道地的!你瞧!"

叶甫烈木打哈欠,搔痒,可是忽然间,仿佛有个什么东西把他咬痛了似的,他跳起来,很快地撩起衬衫,摸他赤裸的胸膛,然后,他在长凳旁边脚步很重地走动,像是一头熊。他拿起自己的破烂衣物,一件件翻来覆去地看,又瞧一眼长凳底下,再次摸他的胸膛。

"钱不见了!"他说。

叶甫烈木站了一会儿,一动也不动,呆呆地瞧着长凳,然后又动手找。

"圣母啊,钱不见了!你听见没有?"他转过身来对库兹玛说,"钱不见了!"

库兹玛专心看火柴盒上的画,没有说话。

"钱上哪儿去了?"叶甫烈木问道,往他那边跨出一步。

"什么钱?"库兹玛爱理不理,随随便便应付这么一句,眼睛没有离开火柴盒。

"就是那些钱!……就是我揣在怀里的钱!……"

"你干吗死乞白赖地问我?丢了钱,自己找嘛!"

"可是我上哪儿去找?钱到哪儿去了?"

库兹玛看着叶甫烈木通红的脸,他自己的脸也涨红了。

"什么钱?"他叫道,跳起来。

"就是那笔钱!二十六卢布!"

"是我拿了还是怎么的?他赖在我身上了,混蛋!"

"什么混蛋!你说,钱在哪儿?"

"我拿了你的钱?我拿了?你说,是我拿的吗?该死的,我要给你一顿教训,叫你认不出你的爹娘来!"

"要不是你拿的,为什么你扭过脸去?可见就是你拿的!再说,你哪来的钱在饭铺里喝一夜的酒,又买烟草?你是个蠢材,太不像样!难道你欺侮的是我吗?你欺侮的是上帝!"

"我……我拿了?我什么时候拿的?"库兹玛提高喉咙尖声叫道,抡起胳膊,一拳打在叶甫烈木的脸上,"叫你受受!你还要找打吗?我可不管你是什么上帝的仆人!"

叶甫烈木光是摇一下头,什么话也没说,动手穿靴子。

"好一个坏蛋!"库兹玛接着嚷道,越发激昂了,"自己买酒喝了,却推在别人身上,老狗!我要去告状!你诬赖我,这得叫你坐够大牢!"

"你既没有拿,就别说了。"叶甫烈木平静地说。

"喏,你搜好了!"

"既然你没有拿,那我何必……何必搜呢?你没有拿,那挺好。……用不着嚷,你的喊叫总压不倒上帝的声音。……"

叶甫烈木穿好靴子,走出小木房。等到他回来,库兹玛仍旧涨红脸,坐在窗边,用发抖的手点上一支纸烟。

"老鬼,"他嘟哝着,"过路的人里,像你们这样的多着呢,专门蒙哄人。你找错人了,老兄。你要欺瞒我可办不到。这种事我可知道得一清二楚。你去叫村长来!"

"找他干什么?"

"打官司啊!我们到乡公所去,叫他们管自审问好了!"

"我们用不着打官司。这又不是我的钱,这是上帝的。……该让上帝审问。"

叶甫烈木祷告一阵,就拿着捐款箱和神像,走出小木房去了。

过了一个钟头,大车已经驶进树林。玛洛耶村以及它那压扁的教堂、草地、黑麦田,已经落在后面,沉没在淡淡的晨雾里了。太阳升上来,可是还没有爬到树林上边,只是把浮云那朝着东方的边缘染上了一层金黄色。

库兹玛远远地跟在大车后面。他那样子看上去就像是受了可怕的冤屈。他很想说话,可是却一声不响,等着叶甫烈木开口。

"我不愿意跟你纠缠,要不然你就只有哼哼的份儿了。"他仿佛自言自语似的说,"我要叫你知道知道诬赖人会落到什么下场,秃头鬼。……"

在沉默中又过了半个钟头。上帝的仆人一面走路一面祷告上帝,很快地在胸前画十字,深深地叹口气,爬上车去取面包。

"我们就要到捷里别耶沃村了,"库兹玛开口说,"我们的调解法官就住在那儿。你去告状吧!"

"你净说废话。干吗要找调解法官呢?难道那是他的钱?那是上帝的钱。你得在上帝面前答话。"

"你老是上帝啊上帝的!跟乌鸦似的叫个不停。事情是这样:如果是我偷的,就让他们审问我,如果不是我偷的,那就让他们判你诬告罪。"

"我才没有工夫去打官司呢!"

"那么你不心疼钱?"

"我有什么心疼的?钱又不是我的,那是上帝的。……"

叶甫烈木不情愿地、平静地说着,他的脸色冷淡、漠然,仿佛真的不心疼钱,或者忘了他的损失似的。他对损失和犯罪漠不关心,这分明使得库兹玛慌张而激动。这在他是无法理解的。

要是用狡猾的手段和武力对付欺侮,要是由欺侮引起一场争斗,结果让欺侮者落到受侮辱的地位,这就显得自然了。如果叶甫烈木按一般人那样办事,也就是生气,打架,告状,如果调解法官判库兹玛坐牢,或者宣告"罪证不足",库兹玛倒会安心了,现在呢,他却跟在大车后面,脸上现出若有所失的神情。

"我没拿你的钱!"他说。

"没拿就好。"

"等我们到了捷里别耶沃村,我就去把村长叫来。让他……把事情弄清楚。……"

"用不着他来管。这又不是他的钱。你呢,小伙子,躲开这儿。你走你的路!别惹人讨厌!"

库兹玛斜起眼睛看了他很久,不明白他是什么意思,打算猜出他在想什么,他心里隐藏着什么可怕的想法,最后库兹玛决定换个方式跟他说话。

"唉,你这只雌孔雀啊,简直没法跟你开玩笑,你一下子就生气了。……得了,得了……把你的钱拿回去吧!我是闹着玩的。"

库兹玛从衣袋里拿出几张一卢布钞票,递给叶甫烈木。叶甫烈木并不惊讶,也不高兴,仿佛早就料到会有这一着似的,收下那些钱,一句话也没说,把钞票塞在衣袋里。

"我本来打算跟你闹着玩。"库兹玛接着说,尖起眼睛瞧着叶甫烈木漠然的脸色,"我有心叫你吃一惊。我是这么想的:我先吓你一跳,到早晨再把钱还给你。……总共是二十六卢布的钞票,这儿还你十卢布,再不然就是九卢布。……其余的都让那些赶大车的拿走了。……你可别生气,大叔。……不是我喝掉的,是那些赶大车的喝掉的。……我敢对上帝起誓,这是真话!"

"我生什么气呢?钱是上帝的。……你得罪的不是我,是圣母。……"

"我至多也不过喝了一卢布的酒。"

"这跟我什么相干?哪怕你都拿去喝掉也不关我的事。……你喝掉一卢布也好,喝掉一戈比也好,对上帝来说都一样。反正你得负责。"

"可是你别生气,大叔。真的,别生气。千万!"

叶甫烈木没有说话。库兹玛的脸皱起来,现出小孩子那样的哭相。

"看在基督分上,饶恕我!"他说,用恳求的神情瞧着叶甫烈木的后脑壳,"你,大叔,别生气。……我这是闹着玩的。"

"哎,你别缠不清!"叶甫烈木生气地说,"我对你说:这不是我的钱!你去求上帝饶恕你,这不关我的事!"

库兹玛看一看天空,看一看神像,看一看树木,仿佛在找上帝。恐怖使他的脸变了样。在树林的寂静、神像的庄严彩色、叶甫烈木那种不平常的而且跟一般人不同的冷漠神情的影响下,他感到自己孤单、狼狈,只能听凭可怕的和震怒的上帝发落了。他跑到叶甫烈木前头,凝神看他的眼睛,仿佛想叫自己相信并不孤单似的。

"看在基督分上,饶恕我!"他说,开始周身发抖,"大叔,饶恕我!"

"躲开我!"

库兹玛又很快地看一眼天空、树木、载着神像的大车,在叶甫烈木面前跪下。在恐怖中,他喃喃地讲话,前言不搭后语,用额头碰地,抱住老人的腿,像孩子一样大声哭起来。

"老爷爷,亲人!大叔!上帝的仆人!"

叶甫烈木起初困惑地往后倒退,推开他的手,可是后来他自己也战战兢兢地瞧着天空。他感到害怕,而且怜悯这个贼了。

"等一等,小伙子,你听我说!"他开始劝说库兹玛,"听着我对你说的话,傻瓜!唉,他哭得跟娘们儿一样!听着,你既是要上帝饶恕你,那就回到你村子里去,立刻去找神甫。……听见没有?"

叶甫烈木开始向库兹玛解释该怎样做才能赎罪:他得向神甫认罪,受宗教上的惩罚,然后把偷去换酒喝了的钱筹齐,送到玛里诺甫齐村去,而且日后做人要安分,诚实,戒酒,像个基督徒的样子。库兹玛听完他的话,渐渐定下心来,似乎完全忘记自己的苦恼,又拿叶甫烈木开玩笑,絮絮叨叨了。……他一刻也不停嘴,又讲起那些生活得很快活的人,讲起拘留所和日耳曼人,讲起监狱,一句话,把昨天讲过的话统统重复一遍。他又是笑,又是拍手,做出吓得倒退的样子,倒好像他讲的是新鲜事似的。他说得头头是道,跟饱经世故的人一样,还在话里添上许多俏皮话和谚语,然而听他讲话是费力的,因为他常把一件事翻来覆去地说,屡次停住嘴回想突然断了线的思想,同时皱起额头,抡着胳膊,身子团团转。他吹了多少牛,说了多少谎啊!

中午,大车在捷里别耶沃村停下来,库兹玛走进一家小酒店去了。叶甫烈木休息了两个钟头光景,库兹玛始终没有走出那家酒店。人们可以听见他在酒店里骂人、夸耀、用拳头捶柜台,喝醉的农民们就讪笑他。叶甫烈木走出捷里别耶沃村的时候,酒店里正开始打架,库兹玛用响亮的嗓音恐吓人,叫嚷说要去找乡村警察来。

在 法 庭 上

某县城有一幢官府的深棕色房子,平时,地方自治局执行处,调解法官会审法庭以及掌管农务、酒类专卖、军事的衙门和其他许多衙门,轮流在那儿开会。这一天是秋季那种阴云密布的日子,地方法院分院巡回到此地,在那所房子里开庭审案。当地一个官员讲起上述那幢深棕色房子,俏皮地说:

"这儿又有尤斯契齐雅,又有波丽齐雅,又有米丽齐雅①,

---

① 上述三个词原意是"司法、警察、军事",但其读音颇像俄国女人的名字。

完全成了贵族女子中学。"

然而,大概,正如谚语所说的,"七个保姆反而带出个瞎眼的孩子",这所房子外貌阴森,好比营房,旧得快要坍了,里里外外的设备一点也没有舒适的影子,弄得新来的、没有官职的人见了,无不感到吃惊,心里发闷。甚至在春光明媚的日子,它也好像被浓重的阴影覆盖着。每到月光明亮的夜晚,树木和小民房就连成一大片阴影,沉入安宁的睡乡,唯独它高踞在朴实无华的景物之上,凭着它那堆石头,压得人透不出气来,有点荒谬而不合时宜,破坏了周围普遍的和谐;它没有睡觉,仿佛过去犯下种种不可饶恕的罪恶,如今无法摆脱沉痛的回忆似的。房子内部完全像个谷仓,一点也不招人喜欢。看起来也真奇怪,那班风度优雅的检察官、委员、首席贵族,在自己家里往往因为屋里有一点淡淡的煤烟味,或者地板上有一块小小的污斑就大吵大闹,如今在这儿,通气窗嗡嗡地响,冒烟的蜡烛发散着刺鼻的气味,污黑的墙壁老是挂着水珠,他们反倒满不在乎了。

地方法院九点多钟开庭。审讯毫不迟延地进行,显然要加紧办完。案子一个个提出来,结案很快,就跟不唱诗的弥撒一样,因此那许许多多各不相同的人脸像春汛的潮水般奔流过去,人们的动作、发言、灾难、真情、假话也一闪而过……任何人的头脑都不能由此得出具体而完整的印象。……临到下午两点钟,已经办完很多案子:两个犯人被判做苦工,一个享有特权的犯人①被判褫夺公民权,关进监狱,一个犯人宣告无罪释放,一个案子延期审理。……

两点钟整,庭长宣布审问"农民尼古拉·哈尔拉莫夫被控杀害妻子"一案。法庭仍然由审讯上一案的法官们组成,只有辩护人的位子由新人接替,他是候补法官,年纪很轻,没有胡子,穿一件礼服,纽扣发亮。

"带被告!"庭长下命令道。

---

① 指贵族身份的犯人。

可是被告事先已经押来，这时候往被告席走去。他是个高大壮实的农民，年纪大约五十五岁，头顶完全光秃，蓄着棕红色大胡子，毛茸茸的脸上露出冷漠的表情。他身后跟着一个矮小孱弱的兵，荷着枪。

差不多就在被告席旁边，押解兵出了一点小岔子。他忽然脚底下绊一下，手里的枪掉下来，可是他没容它掉下地就抓住，枪托猛地砸在膝盖上。旁听席上响起了轻微的笑声。这个兵满脸涨得通红，大概是因为砸痛了，或者因为自己笨手笨脚而害臊。

法庭上先是照例问明被告的姓名、籍贯等，调换陪审员，传唤证人，带领他们宣誓，这以后就开始宣读公诉状。书记官生着窄肩膀，脸色苍白，身子太瘦，因而制服显得很肥，他脸颊上贴着一块膏药，这时候用低沉的男低音读起来，读得很快，就像助祭念经的声调那样不高也不低，仿佛生怕累坏他的胸肺似的。法官桌子后面的通风窗就来给他帮腔，不住地嗡嗡响，两种声音合起来，给法庭的寂静添上一种催人入睡的麻醉性质。

美 人 集

庭长还不算老,脸容极为疲倦,眼睛近视,这时候坐在圈椅上,纹丝不动,把手掌放在额头旁边,仿佛在挡住阳光,不让它照到眼睛似的。他在通气窗和书记官发出的嗡嗡声中想自己的心事。临到书记官略为停顿一下,换口气,开始念新的一页,他忽然全身一震,用暗淡无光的眼睛看一下众人,然后低下头去凑近旁边法官的耳朵,叹口气问道:

"您,玛特威·彼得罗维奇,是在杰米扬诺夫旅店里住着吧?"

"对,在杰米扬诺夫那里住。"法官回答说,也全身一震。

"下一回,大概我也要在那家旅店住了。求上帝怜恤吧,契皮亚科夫旅店里简直没法住!通宵吵吵闹闹,乱哄哄的!脚步声啦,咳嗽声啦,孩子哭哭啼啼。……不像样子!"

副检察官是个丰满而富态的黑发男子,戴着金边眼镜,留着一把梳理整齐的漂亮胡子,这时候坐着不动,好比一尊塑像,用拳头支住脸,在读拜伦的《该隐》。他眼睛里充满读得入神的表情,眉毛惊讶地越扬越高。……他偶尔往椅背上一靠,冷漠地瞧着前面出神,过了一分钟,又埋下头去看书。辩护人用铅笔没削过的一头在桌子上划来划去,偏着头沉思。……他那年轻的脸上没有别的表情,只有呆板而冷漠的烦闷,这样的表情只有那些每天必得坐在同一个地方,看见同样的脸和同样的墙的小学生和职员们才会有。他过一会儿就要发言,可是这丝毫也不使他激动。再者,他的发言又算得了什么呢?他是根据上司的指示,按照沿用已久的陈词滥调把它写成的,自己都觉得它毫无光彩,枯燥乏味,过一会儿,在陪审员面前,他会不动感情、有气无力地把它念完了事,这以后就坐上马车,冒着雨,经过泥泞的道路,去火车站,回到城里,然后很快又接到命令要到某县去,再宣读新的发言……实在无聊!

被告先是焦躁不安地对着袖口嗽喉咙,脸色煞白,可是不久那寂静、那无处不在的单调、那烦闷,也感染他了。他呆板而恭敬地瞧着法官们的制服,瞧着陪审员们疲乏的脸,平心静气地眨着眼睛。原先他关在监狱里,一想起法庭的环境和审讯就提心吊胆,如今他倒十分放心了。他在这儿遇到的情形跟他原来预料的全不一样。他头上本来压着杀人致命的罪名,可是他在这儿却没碰见恐吓的脸、震怒的目光、关于严惩的响亮语句,更谈不到有人来关心他那不同寻常的命运。坐在上面的法官,谁也没有把长久而好奇的目光停在他身上。……阴暗的窗子啦,墙壁啦,书记官的声音啦,副检察官的姿态啦,一概浸透了官场的淡漠,冒出凉气,仿佛杀人犯无非是普通的办公用具,或者那些审问他的都不是活人,而是一种肉眼看不见的、上帝才知道是由谁开动着的机器罢了。……

那个放宽心的农民却不明白:这儿的人对生活的戏剧和悲剧早已习以为常,司空见惯,就跟医院里的人看待死亡一样,而且正是这种机器般的冷漠无情,才包藏着他的处境的惨痛和无望。看来,他即使不是温顺地坐着,而是站起来,开口恳求他们,声泪俱下地央求他们大发慈悲,沉痛地忏悔,绝望地死去……这一切也还是会在早已麻木的神经和习惯上撞得粉碎,就跟海浪撞在岩石上一样。……

等到书记官念完,庭长不知什么缘故摩挲着他面前的桌子,眯细眼睛久久地瞧着被告,然后懒洋洋地转动着舌头问道:

"被告,您承认六月九日傍晚犯了杀害妻子的罪行吗?"

"不承认,老爷。"被告站起来,回答说,抓住他衣服的前胸。

这以后法庭匆匆忙忙着手审问证人,一连审问了两个农妇、五个农民和一个调查过案情的乡村警察。这些人身上都粘着泥浆,他们步行很久,又在证人室里一直坐等,早已筋疲力尽,神色沮丧而阴郁。他们的供词一模一样。他们供道:哈尔拉莫夫像大家一样,跟他的老太婆相处得"不错",只有喝多了酒才动手打她。六月九日太阳下山的时候,有人发现老太婆倒在前堂里,头盖骨破裂,身旁一摊血里丢着一把斧子。大家就找尼古拉,要把这个灾难通知他,可是他既不在家,也不在街上。大家就开始在村子里找他,跑遍所有的农舍和酒店,都没找到他。他失踪了,到第三天,他却在乡公所里出现,脸色苍白,衣服破烂,周身发抖。人们就把他绑起来,关押在看守所里。

"被告,"庭长对哈尔拉莫夫说,"您能向法庭说明一下发生凶杀案以后那两天您在什么地方吗?"

"我在野外走来走去。……什么也没吃,什么也没喝。……"

"如果您没杀人,那为什么躲起来呢?"

"我吓坏了。……我怕吃官司。……"

"哦。……好,坐下吧!"

最后一个受审的是给死去的老太婆验尸的县医生。他把他还记得的验尸报告里的话以及今天早晨他到法庭来的路上想起来的话对法庭陈述了一遍。庭长眯细眼睛瞧着他那身乌黑发亮的新衣服,瞧着他讲究的领结,瞧着他活动的嘴唇,听他讲话,可是不知怎的,却有个懒洋洋的想法在他头脑里自动冒出来了:"现在大家都穿短上衣,为什么他做了件长的呢?为什么偏穿长的而不穿短的呢?"

庭长身后传来皮靴慎重的响声。这是副检察官走到桌子这边来,要取一个文件。

"米哈依尔·符拉季米罗维奇,"副检察官低下头凑着庭长的耳朵说,"这个柯烈依斯基办理的侦讯工作马虎得出奇。被告的亲哥哥他没审问,村长他也没审问,那所小屋的情形也没有写清楚,一点也看不懂。……"

"有什么办法呢……有什么办法呢!"庭长往圈椅的椅背上一靠,叹口气,"他老朽了……不中用了!"

"顺便说一句,"副检察官继续低声说,"请您注意旁听席上第一排右边起第三个人……论相貌像是个戏子。……他却是当地的大财主。有将近五十万家当呢。"

"是吗?从外表倒看不出来。……怎么样,老兄,我们要退庭休息一阵吗?"

"审完这一案再休息吧。"

"随您的便。……哦?"庭长抬起眼睛瞧着医生说,"那么您认为她是当场毙命的?"

"是的,由于脑部受到严重的损伤。……"

医生讲完,庭长就瞧着副检察官和辩护人中间的那块空当,问道:

"有什么问题要问吗?"

副检察官眼睛没有离开《该隐》,否定地摇一下头。可是辩护人出乎意外地活动起来,嗽了嗽喉咙,问道:

"请您说一下,大夫,凭伤口的大小能够判断……判断犯人的精神状态吗?换句话说,我是想问一下:伤势的轻重能否使人有权利认为被告处在感情激动的状态？"

庭长抬起睡意蒙眬、神色淡漠的眼睛瞧着辩护人。副检察官丢下《该隐》，瞧着庭长。他们光是呆呆地瞧着，既不微笑，也不惊奇，更不困惑，他们的脸上什么表情也没有。

"也许吧，"医生迟疑地说，"如果考虑到犯人……呃呃呃……用斧子劈下去的力量……不过……对不起，我不大明白您问这话是什么意思。……"

辩护人提出问题却没有得到回答，再者他觉得也无须回答。他自己也知道得很清楚：这个问题本来是不知怎么钻进他头脑里来的，只因为受到寂静、烦闷、通气窗的嗡嗡声的影响，才从舌头上滑出来了。

法庭叫医生退席，开始检查物证。头一样检查的是一件农民长外衣，袖子上有一块深棕色的血迹。法庭审问这块血迹的来源，哈尔拉莫夫供道：

"老太婆去世大约三天前，片科夫给他的马放血。……我正好在那儿，喏，当然，我就帮了帮忙，这才……这才把衣服弄脏了。……"

"可是刚才片科夫供述,他不记得放血的时候有您在场。……"

"我不知道。"

"坐下吧!"

他们开始检查那把使老太婆死于非命的斧子。

"这不是我的斧子。"被告申明说。

"那么是谁的呢?"

"我不知道。……我没有斧子。……"

"庄稼人一天也不能没有斧子。您的邻居伊凡·季莫费伊奇跟您一块儿修理过雪橇,他供述这正好就是您的斧子。……"

"我不知道。不过,我敢当着上帝起誓,"哈尔拉莫夫往前伸出一只手,张开手指,"……我敢当着真正的造物主起誓。我以前什么时候有过斧子,现在可记不清了。以前倒真是有过那么一把,好像比它小一点,可是我的儿子普罗霍尔把它弄丢了。在他当兵的大约两年前,他去砍柴,跟伙伴们喝开了酒,就把它弄丢了。……"

"好,坐下吧!"

这种自始至终的不信任,这种不愿意听他讲话的态度,惹恼了哈尔拉莫夫,他怄气了。他开始眨眼睛,颧骨上泛起红晕。

"我敢在上帝面前起誓!"他伸直脖子,继续说,"要是您不相信,那就请您问我儿子普罗霍尔吧。普罗霍尔,斧子哪儿去了?"他猛地转过身对着押解兵,忽然用粗声粗气的男低音问道。"哪儿去了?"

这真是沉重的一刹那!所有的人都好像蹲下去,或者矮了半截似的。……凡是法庭里的人,头脑里统统像闪电似的掠过同一个吓人的、令人无法相信的想法:这可能是不祥的巧合吧。没有一个人敢大起胆子瞧一瞧兵的脸。人人都情愿不相信自己的想法,认为自己听错了。

"被告,同看押人讲话是不许可的。"庭长赶紧说。

谁也没看见押解兵的脸,恐怖像肉眼看不见的人,戴着面具,飞过法庭。民事执行吏悄悄离开位子站起来,踮起脚尖,张开胳膊稳住身子,走出法庭去了。过了半分钟就传来兵士换岗所常有的那种脚步声和响声。

大家就都抬起头来,极力装得好像没有发生什么事似的,继续做他们的工作。……

在 邮 局 里

前几天我们给我们老邮政局长斯拉德科佩尔采夫的年轻妻子送殡。我们送那个美人入土以后,按照祖辈和父辈的风俗,动身到邮局去"为亡人祈祷安息"。

等到油煎薄饼端上来,年老的鳏夫就悲伤地哭泣,说:

"这些油煎薄饼同去世的人一样红彤彤!一样漂亮!一模一样哟!"

"是啊,"参加祈祷的人同意说,"您的妻子确实是美人。……绝色佳人啊!"

"是的,先生们。……大家瞧见她,都不住地惊叹。……不过,诸位先生,我爱她倒不是因为她长得漂亮,也不是因为她性情温和。这两种品质,是女人全部天赋里本来就有,在尘世极为常见的。我爱她是因为她的灵魂另有一种品质。换句话说,我所以爱她,这个去世的女人,求上帝让她升天堂吧,是因为她尽管生性活泼而调皮,对她丈夫却十分忠诚。虽然她才二十岁,而我快满六十了,她对我却是忠诚的!她对我这个老头子是忠诚的!"

助祭正跟我们一块儿进餐,这时候发出响亮的哼鼻子和嗽喉咙的声音,借以表示怀疑。

"这样看来,您不相信?"鳏夫对他说。

"我倒不是不相信,"助祭慌了,"而是觉得……如今那些年轻的女人实在太那个。……什么约会啦,调味汁啦……"

"您怀疑,那我就给您证明一下!我用尽各种方法来维护她的忠诚,那些方法,可以说,具有战略的性质,类似筑垒工事。由于我的行动和精明的性格,我的妻子就不可能在任何情况下对我变心。我用巧计来保卫我们夫妇的床。我知道一种近似咒语的话。我一说出那种话,就万事大吉,不用担心忠诚问题,可以放心睡觉了。……"

"是些什么话呢?"

"简单极了。我在全城散布不好的流言。这种流言你们一定都知道。我见人就说:'我的妻子阿连娜跟我们警察局长伊凡·阿历克塞伊奇·扎里赫瓦特斯基姘上了。'这句话一传开,就够了。再也没有一个人敢向阿连娜献殷勤,因为谁都怕警察局长冒火。大家一看见她,撒腿就跑,免得扎里赫瓦特斯基起疑。嘻嘻嘻。要知道,跟那个留着长唇髭的蠢材一打交道,往后你的日子可不好过,他会把你那儿的卫生情况打五个报告上去。比方说,他看见你的母猫上街了,就打个报告上去,倒好像那是脱了缰的牲口似的。"

"原来您的妻子没跟伊凡·阿历克塞伊奇勾搭上

呀?"我们大吃一惊,问道。

"没有,那是我使的巧计。……嘻嘻。……怎么样,我巧妙地诓了你们吧,年轻人?事情正是这样啊。"

在沉默中过了三分钟。我们坐在那儿,一句话也没说。我们想到这个红鼻子胖老头那么狡猾地弄得我们上当受骗,又是怄气,又是羞愧。

"哼,求上帝保佑,你再结一次婚看!"助祭嘟哝说。

生活是美好的!

写给企图自杀的人

生活是极不愉快的事,然而要使生活美好,却也不算太难。要做到这一点,光是中二十万卢布的彩票,获得"白鹰"勋章①,娶个俊俏的女人,以安分守己闻名,那是不够的,因为这些福分都不能长久存在,迟早会使人觉得平淡无奇。为了让内心不断感到幸福,甚至在忧伤悲愁的时候也不变,那就需要:(一)善于满足现

---

① 帝俄时代八种高级勋章之一。——俄文本编者注

状;(二)高兴地体会到"本来事情可能更糟"。这并不困难:

你衣袋里的火柴燃起来,那你该高兴,感谢上苍,幸好你衣袋里没有藏着火药库。

穷亲戚来到你别墅里,你不要脸色煞白,而要得意洋洋地高声叫道:"幸好来的不是警察!"

你手指上扎了一根刺,你该高兴地喊一声:"幸亏不是扎在眼睛里!"

如果你的妻子或者小姨练琴,那你不要发脾气,而要高兴得忘乎所以,因为你听见的是音乐,而不是胡狼的嗥叫声或者猫的音乐会。

你该快活,因为你不是拉公共马车的马,不是科赫的"小点"①,不是旋毛虫,不是猪,不是驴,不是茨冈②拉着的熊,不是臭虫。……你该高兴,因为你腿不瘸,

---

① 指霍乱病菌。科赫(1843—1910),德国科学家,微生物学的创始人之一,曾发现霍乱的病因。——俄文本编者注
② 俄国一个流浪的少数民族。此处指以卖艺为生的茨冈人。

眼不瞎,耳不聋,口不哑,也没感染霍乱。……你该高兴,因为目前你没有坐在法庭的被告席上,没有看见面前站着一个债主,没有同图尔巴①谈稿费问题。

如果你住在不那么远的地方②,那么,你一想到你总算没发配到极远的地方③去,岂不感到幸运?

如果你有一颗牙痛起来,那你就要欢欢喜喜,因为你不是满口牙都痛。

你该高兴,因为你无须乎读《公民报》④,也无须乎坐在垃圾桶上,更不必同时娶三个老婆。……

人家把你押到警察分局去,你就该快活得跳起来,因为人家不是把你押到地狱的熊熊大火中去。

如果人家用桦树条抽你,你就该乐得踢蹬两条腿,高声叫道:"我多么幸运啊,人家总算没有用荨麻

---

① 1879年至1896年在彼得堡印行的周刊《图画世界》的主编和发行人。——俄文本编者注
② 指俄国流放犯的流放地点。
③ 指西伯利亚,俄国苦役犯的服刑地点。
④ 俄国当时的一家反动报纸。

抽我!"

如果你妻子对你变了心,那你就该高兴,因为她是背叛你,而不是背叛祖国。

诸如此类,不胜枚举。……人啊,假如你听从我的忠告,那么你的生活就会成为源源不断的欢乐了。

白 嘴 鸦

白嘴鸦飞来,在俄罗斯田地的上空成群结伙地盘旋。我挑选其中一只最庄严的白嘴鸦,跟它攀谈起来。可惜我碰到的是一只白嘴鸦理论家、道德夫子,因此所谈的话就乏味了。我们谈的是这些话:

我:据说你们白嘴鸦寿命很长。你们,还有梭鱼,总是被我们的自然科学工作者举出来作为寿命非常长的例子。你多大岁数了?

白嘴鸦:我三百七十六岁。

我:哎呀! 可了不得! 真的,活得好长呀! 老先生,换了是我,鬼才知道已经给《俄罗斯掌故》和《历史通报》写了多少篇文章了!要是我活了三百七十六岁,那我简直想不出来在这个时期里会写出多少篇小说、剧本、小东西!那我会拿到多少稿费啊!那么你,白嘴鸦,在这么长的时期里都干了些什么呢?

白嘴鸦:没干什么,人先生!我光是吃喝睡觉,生儿养女罢了。……

我:丢脸啊!我又为你害臊,又为你愤慨,蠢鸟!你在世界上活了三百七十六岁,却跟三百年前一样的愚蠢!一点进步都没有!

白嘴鸦:人先生,智慧不是从寿长来的,而是从教育和修养来的。……

我(仍旧愤慨):三百七十六岁!要知道,这是多么了不起!简直跟长生不老一样!在这么长的时期里,我足足能把所有的学系都读它一回,足足可以结二十次婚,种种职业、样样工作都可以试一下,鬼才知道我的官阶会升到多么高,临死的时候一定是个大富翁!你要想想看,傻瓜:在银行里存上一个卢布,照五分复利算,只要二百八十三年就滚成了一百万!你算算看,先生!这是说,要是你在二百八十三年以前在银行里存了一个卢布,现在你就有一百万啦!唉,你啊,笨蛋,笨蛋!你这么蠢,你倒并不害臊,并不伤心?

白嘴鸦:不然。……我们固然愚蠢,不过另一方面,我们也可以安慰自己:我们在四百年生活里所做的蠢事,比起人在四十年里所做的要少得多。……是的,人先生!我活了三百七十六岁,可是没有一回看见白嘴鸦自家里起内讧,自相残杀,然而您想不起有哪一年你们那儿没有战争。……我们不互相打劫,不开办放款银行和不学古代语言的寄宿学校,不做假见证,不讹诈拐骗,不写糟糕的小说和诗歌,不编骂人的报纸。……我活了三百七十六岁,从没见过雌白嘴鸦欺骗而且伤害她的丈夫——可是你们那儿呢,人先生?在我们当中,没有奴才、马屁精、骗子、犹大……

可是讲到这儿,它的伙伴招呼这只跟我谈话的白嘴鸦,它来不及讲完它的宏论,就飞过田野去了。

纠　　纷

地方自治局医生格利果利·伊凡诺维奇·奥甫钦尼科夫是个三十五岁左右的人,体质很坏,脾气急躁,由于做过一些医学统计工作,热烈爱好所谓"日常生活问题"而在同事们当中出名。有一天早晨,他在他的医院里查病房。他身后照例跟着他的医士米哈依尔·扎哈罗维奇,那是个上了年纪的人,面孔很胖,头发平滑油亮,一只耳朵上戴着耳环。

医生刚开始查病房,就有一件琐屑的小事使他感到十分可疑,那就是医士的坎肩揉出了皱褶,一个劲儿往上掀,尽管医士不住地把它往下拉,摩挲平,也还是没用。医士的衬衫也是皱的,也往上掀。在他的长上衣上,裤子上,甚至领结上,都粘着一些白色绒毛。……显然,医士没脱衣服睡了一夜,从他此刻拉平坎肩和整理领结的神情来判断,这身衣服裹得他不好受。

医生定睛看了他一会儿,明白这是怎么回事了。医士的身子并没摇晃,他回答问题也还算有条理,不过他的脸阴沉呆板,眼睛毫无生气,脖子和手在颤抖,衣冠不整,尤其是他竭力想控制自己、一心想掩盖自己的情形,——这一切都证明他刚刚起床,没有睡够,从昨天晚上起一直醉到现在,醉得很厉害。……他正在经历着"酒气熏人"的痛苦状态,十分难受,分明对自己很不满意。

医生素来不喜欢这个医士,在这方面他有种种理由。因此,他现在生出一种强烈的愿望,想对医士说:"我看出您喝醉了!"他忽然讨厌起那件坎肩、那件长

上衣、那个肥耳朵上的耳环来了,然而他克制住他的反感,照往常那样温和而有礼貌地说:

"给盖拉西木喝过牛奶了吗?"

"给过了,大夫……"米哈依尔·扎哈雷奇也温和地说。

医生一面跟病人盖拉西木谈话,一面看那张记录体温的表,憎恨的感觉又涌上了心头。他就屏住呼吸,免得开口说话,可是又忍不住,就喘着气粗鲁地问道:

"为什么没记体温?"

"不对,记上了,大夫!"米哈依尔·扎哈雷奇温和地说,不过他把那张表看了一下,这才相信体温真的没记上,就慌张地耸一下肩膀,支吾道:"我不知道,大夫,大概是娜杰日达·奥西波芙娜……"

"而且从昨天傍晚起就没记!"医生接着说,"光知道灌酒,真见鬼!直到现在您也还是醉得不成样儿!娜杰日达·奥西波芙娜在哪儿?"

助产士娜杰日达·奥西波芙娜每天早晨在换药的

时候都应该在病房里，可她这时候却没在场。医生往四下里看一眼，觉得病房没有收拾，一切都很凌乱，该做的事一样也没做，一切都像医士那件讨厌的坎肩似的往上掀，揉得很皱，粘着绒毛，他恨不得扯掉自己身上的白外套，叫骂一阵，丢开一切，不管三七二十一，一走了事。可是他极力控制自己，继续查病房。

看完盖拉西木以后，医生接着看一个整条右臂的细胞组织发炎的外科病人。应当给这个病人换药才成。医生就在他面前的凳子上坐下，料理他的胳膊。

"昨天他们必是在命名日宴会上大喝了一通……"他一面慢慢地解开绷带，一面暗想，"你们等着就是，我要叫你们知道什么叫命名日！不过话说回来，我有什么办法呢？我什么办法也没有。"

他摸着那条又红又肿的胳膊上的脓疡，说道：

"手术刀！"

米哈依尔·扎哈雷奇极力表示他两条腿站得挺稳，他能够办事，这时候拔腿就走，很快地拿来一把手术刀。

"不是这一把！拿一把新的来。"医生说。

医士踩着碎步往椅子那儿走去,椅子上放着一口箱子,里面装着换药的用具。他匆忙地动手翻箱子。他跟护士们小声嘀咕了很久,弄得箱子不住地在椅子上移动,发出沙沙的响声,有两次把一件什么东西掉到地上。医生坐在那儿等着,感到他的后背给他们的低语声和沙沙声刺激得十分难受。

"怎么还不拿来?"他问,"您必是把它们忘在楼下了。……"

医士跑到他跟前,递给他两把手术刀,这时候,他一不留神对着医生吐出一口气。

"这两把也不能用!"医生生气地说,"我对您讲的是俄国话:拿一把新的来。不过,您去睡睡够再来吧,您嘴里喷出的气味跟酒馆里一样!您头脑不清!"

"您到底要什么刀子?"医士生气地问,慢慢地耸动肩膀。

美　人　集

他恼恨自己,暗自感到羞愧,因为病人们和护士们都直着眼睛瞧他。他为了表示他并不羞愧,就勉强笑一笑,又说一遍:

"您到底要什么刀子啊?"

医生觉得泪水涌上了他的眼睛,他的手指发抖了。他极力克制自己,用发颤的声音说:

"您去睡够了再来!我不愿意跟醉汉讲话。……"

"您只能在公事方面申斥我,"医士接着说,"要是我,比方说,喝了酒,那谁也没有权利责难我。我这不是在工作吗?您还要怎么样!我不是在工作吗?"

医生跳起来,自己也不明白自己在干什么,抡起胳膊,用尽力气,一拳打在医士脸上。他不明白他为什么这样做,然而感到很大的快意,因为这一拳恰好打在医士脸上,那个体面、自信、有妻子儿女、笃信宗教、自命不凡的人不由得身子一晃,像皮球那样跳了一下,落座在凳子上了。医生满心想再打一拳,然而他在那张可恨的脸旁边看见了护士们苍白惊慌的脸,就不再感到快意,摆一下手,跑出病房去了。

在院子里,他迎面遇见娜杰日达·奥西波芙娜走进病院来,她是个约摸二十七岁的姑娘,脸色白里带黄,头发蓬松。她那件粉红色花布连衣裙的下摆很瘦,因此,她的脚步十分细碎。她把连衣裙弄得窸窸窣窣响,每走一步路就扭一下肩膀,摇一下头,好像她心里在唱一支欢畅的歌似的。

"哼,妖精!"医生记起医院里的人开玩笑,把助产士叫作妖精,就暗自想道。他想到他马上就要把这个走着碎步、顾影自怜、服饰华丽的女人教训一顿,觉得很痛快。

"您上哪儿去了?"他走到她跟前,喊道,"为什么您不在医院里?体温也没记上,到处都乱糟糟,医士喝醉了酒,您睡到十一点才起!……请您另外去找工作!您不要再在这儿干下去了!"

医生回到寓所,猛地脱掉身上的白外套,扯下系在腰上的毛巾,气冲冲地把两样东西往墙角一扔,然后在书房里走来走去。

"上帝啊,这都是些什么样的人,这都是些什么样的人啊!"他说,"这些人算不得工作的帮手,而是工作的敌人!我不能再在这儿干下去!不行!我得走!"

他的心猛烈地跳着,周身发抖,想哭一场。为了摆脱这种心境,他就安慰自己说,他做得很对,打医士也打得完全有理。医生心想,首先,可恶的是,那个医士不是简简单单,而是托了他姨妈的人情才到医院里来工作的,他姨妈在地方自治局执行处主席的家里做保姆(这个有势力的姨妈坐车来看病,像在家里一样随便,硬要抢先看病,不按次序,这种情形叫人看了实在反感)。医士不守纪律,知识浅薄,就是他知道的一点点东西他也根本不理解。他爱喝酒,举止冒失,不整洁,收病人的贿赂,私卖地方自治局的药品。大家都知道他私下里行医赚钱,给年轻的小市民医治秘密的病,用的是他自己配的药品。如果他单纯是个庸医,倒也罢了,反正这种人是很多的,然而他却是个自以为是、暗中捣鬼的庸医。他瞒着医生给门诊的病人放上吸血杯,给他们放血,手也不洗就到手术台边来,老是用肮脏的探针挑开伤口,这就足以使人明白他多么放肆而大胆地藐视医生的医术以及医学知识和医疗手续了。

医生等到他的手指不再发抖,就挨着桌子坐下,给地方自治局执行处主席写信:"尊敬的列甫·特罗菲莫维奇! 如果贵执行处接到这封信后不解除医士斯米尔诺甫斯基的职务,不给予我物色助手的权利,我就不得不(当然这不无遗憾)请求您不要再把我看做某某医院的医生,并请费心另外物色我的继任人。请代为问候柳包芙·费多罗芙娜和尤斯。尊敬您的格·奥甫钦尼科夫"。医生把这封信看了一遍,发觉写得太短,而且语气不够冷淡。再者在接洽公务的官方信函中问候柳包芙·费多罗芙娜和尤斯(这是大家给主席的小儿子起的诨名)是非常不妥当的。

"信上何必提什么尤斯呢?"医生想道,把这封信撕掉，开始为另一封信构思，"阁下……"他想，坐在敞开的窗口旁边，看着大鸭子带领小鸭子顺了大路匆忙走动，摇摇摆摆，绊绊跌跌，多半是到池塘那边去。有一只小鸭子在路上啄到一根肠子般的东西，喉咙被卡住了，发出惊叫声。另一只小鸭子就跑到它跟前，从它嘴里拉出那根细肠子，不料喉咙也给卡住了。……远远地，在围墙附近，在小椴树印在草地上那花边般的阴影里，厨娘达丽雅正在走来走去采做菜汤用的酸模。……这时候传来说话声。……手里拿着马勒的车夫左特和穿着脏外套的医院工人玛努依洛站在车房旁边，讲到一件什么事，笑起来。

"他们是在讲我打医士的事……"医生暗想，"今天全县都会知道出了这个乱子。……要这样写：'阁下！如果贵执行处不解除……'"

医生清楚地知道，执行处无论如何也不会留下医士而不要他，宁可全县没有一个医士，也不会同意把奥甫钦尼科夫医生这样的优秀人才放走。大概，列甫·

特罗菲莫维奇一接到信就会立刻坐上三套马的马车赶到他这儿来,开口说道:"您这是干什么,老兄?亲爱的,这到底是怎么回事啊,求基督跟您同在!为了什么呢?什么缘故呢?他在哪儿?把他叫来,这个混蛋!赶走他!非赶走他不可!不准这个坏蛋明天还待在这儿!"然后他就跟医生一块儿吃饭,饭后在深红色长沙发上一躺,仰面朝天,拿一张报纸盖上脸,打起呼噜来。等到他睡足了醒来,喝一通茶,就把医生带到他家里去过夜。这件事闹到头来,医士会仍旧留在医院里,医生也不能辞职。

可是医生本心不愿意有这样的结局。他倒希望医士的姨妈得到胜利,执行处不顾他八年来辛勤服务,也不找他谈话,甚至很愉快地接受他的辞职。他幻想自己怎样离开这个他已经熟悉的医院,怎样给《医师报》写一封信,同行们怎样给他寄来同情的信。……

这时候路上出现了那个妖精。她踩着碎步,把衣服弄得窸窸窣窣响,走到他的窗前,问道:

美 人 集

"格利果利·伊凡内奇,您自己去给病人看病呢,还是您不预备去了?"

她的眼睛却在说:"方才你发了脾气,不过现在你气平下来,觉得难为情。我呢,宽宏大量,不理会这件事。"

"好,我马上就去。"医生说。

他又穿上白外套,拦腰系上毛巾,往医院走去。

"我打完他就跑掉,这可不好……"他在路上想,"结果倒好像我发窘或者害怕了。……这就成了中学生的把戏。……很不好哟!"

他以为他一走进病房,病人们就会别扭地瞧他,他自己就会不好意思,然而等到他真的走进去,病人们却平心静气地躺在床上,几乎没注意他。害痨病的盖拉西木脸上现出十足的冷漠神情,仿佛在说:"你对他不满意,略略把他教训了一下……不这样不行啊,老爷。"

医生割开紫红色胳膊上的两个脓疮,扎上绷带,然后到女病房去,在那儿给一个女人的眼睛动手术。妖精始终跟在他身后,做他的下手,装出一副好像什么事也没有发生、天下太平的样子。他查完病房,开始给门诊的病人看病。在医生的小诊室里,窗子敞开着。只要坐在窗台上,微微弯下腰,就可以看见一俄尺①开外有一片嫩草地。昨天傍晚下过一场大雷雨,因此青草有点倒伏,亮晃晃的。离窗子不远,有一条通到山谷去的小路,好像刚刚冲洗了一番,小路两旁丢着一些破碎的药房里的器皿,也给雨水冲洗过,经阳光一照,放射出耀眼的亮光。远处,小路的对面,立着一些新生的云杉,披着漂亮的绿衣衫,互相挨挤着。它们后面立着许多桦树,挺起白得像纸一样的树干,从迎风微微颤抖的桦树绿叶里望出去,可以看见深不见底的蓝天。每逢有人瞧着窗外,在小路上蹦蹦跳跳的椋鸟就把愚蠢的嘴脸转到窗子这边来,暗自琢磨着:要不要害怕?它们

---

① 1俄尺等于0.71米。

决定应当害怕,就一只跟着一只往桦树顶上飞去,发出欢乐的叫声,仿佛嘲笑医生不会飞翔似的。……

在浓重的碘酒气味中,人可以感到春天的生机和芬芳。……呼吸真畅快啊!

"安娜·斯皮利多诺娃!"医生叫着病人的名字。

一个穿红色衣衫的年轻女人走进诊室来,面对神像做了一会儿祷告。

"你有什么病?"医生问。

那个女人疑疑惑惑地斜起眼睛看一下她走进来的那道房门,又看一下通到药房里去的小门,这才走到医生跟前,小声说:

"我不生孩子!"

"还有谁没有挂号?"妖精在药房里嚷道,"上这儿来挂号!"

"他简直是畜生,"医生一面给女人看病,一面暗想,"他逼得我有生以来第一回打人。我从来也没打过人。"

安娜·斯皮利多诺娃走了。她走后,进来一个害花柳病的老人,随后是一个女人带着三个害疥疮的孩子,工作忙碌起来。医士没有露面。在小门那一边的药房里,衣服沙沙响,器皿叮当响,妖精快活地叽叽喳喳讲话。她不时走进诊室来,帮着动手术,或者取药方,仍旧装出一切都很顺当的样子。

"我打医士,她心里高兴,"医生听着助产士的说话声,心里暗想,"她跟医士本来就相处得像猫跟狗一样。要是他被开革,她会乐坏的。护士们似乎也暗暗高兴。……这多么可恶啊!"

诊病工作正十分紧张,他却觉得助产士也好,护士也好,以至病人也好,都故意装出那么一种无所谓和快乐的神情。他们仿佛明白他羞惭,难过,可是出于礼貌而装出并不明白的样子。他想对他们表示他根本不觉得羞愧,就气冲冲地叫道:

"喂,您,我说的是您!请把门关上,要不然风就吹进来了!"

美 人 集

可是他确实难为情,心头沉重。他看完四十五个病人以后,就不慌不忙地走出医院。助产士已经抽出工夫回家去了一趟,这时候肩膀上披着鲜红的披巾,嘴里叼着纸烟,蓬松的头发上插着一朵花,匆匆地走出院子,不知到什么地方去,多半是出诊或者拜客去了。医院的门槛上坐着一些病人,在默默地晒太阳。椋鸟仍旧在吵闹,追逐小甲虫。医生瞧着两旁,心想:在这些和平安宁的生命中,只有两个生命完全脱了节,像钢琴上的两个坏琴键,一点用处也没有了,那就是医士和他。医士现在大概躺在床上,想睡一觉,醒醒酒,然而想到自己犯了过错,受了侮辱,失掉了职务,就无论如何也睡不着。他的处境很痛苦。医生呢,以前从没动手打过人,如今觉得自己像是永远失去了清白似的。他不再责怪医士,也不再为自己辩白,光是心里纳闷:怎么会出这样一件事?他,一个正派人,以前连狗都没打过,如今却居然打了人!他回到自己的寓所,在书房里长沙发上躺下,脸对着沙发靠背,开始这样想:

"他是个不好的、对工作有害的人。他在这儿工作了三年,这期间不知惹我生了多少气,可是话说回来,我的行为也无论如何不能算是正当。我使用了强者的权利。他是我的属员,犯了过错,喝醉了酒,我呢,是他的上司,正确,不喝酒。……可见我比较强。第二,我是当着那些把我看成权威的人的面打他的,因此我为他们做出了恶劣的榜样。……"

有人来叫医生去吃午饭。……他喝了几匙白菜汤,从饭桌旁边站起来,又在长沙发上躺下。

"那么现在怎么办呢?"他继续想道,"应当尽快让他满意才对。……可是该怎样做呢?谈到决斗,他是一个讲求实际的人,认为这是蠢事,或者说,不明白这种事有什么意义。如果我到原来那个病房中去当着护士和病人的面向他道歉,这种道歉也只能满足我而不能满足他。他这个坏家伙倒会把我的道歉看作胆怯,以为我怕他到上司那儿去告我的状。再者,我这种道歉会害得医院里的纪律荡然无存。送给他钱吗?不行,这不道德,近似收买。那么,比方说,现在把这个问题提交我们的顶头上司,也就是执行处来解决。……它可能申斥我或者把我撤职。……可是它不会这样做的。况且执行处也根本不便于干预医院内部的事,再者,它也没有这种权利。……"

饭后大约过了三个钟头,医生走到池塘那儿去洗澡,心里暗想:

"我岂不可以照大家在同类情形下的办法去做?那就是让他把我告到法院去。我有罪是确切无疑的,我也不打算辩白,调解法官就会判我监禁。这样一来,受侮辱的人就会心满意足,那些把我看成权威的人也就会看出我不对了。"

这个想法中了他的意。他高兴起来,心想问题总算顺利地解决,此外再也没有更公正的解决办法了。

"是啊,妙极了!"他想着,钻进水里,看见一群细小的金色鲫鱼从他身边逃走,"让他去告状吧。……这在他很方便,反正我们的公务关系已经破裂,闹过这场乱子以后我们当中反正总有一个不能再留在医院里了。……"

傍晚,医生吩咐套上他那辆双轮马车,要到军事长官家里去玩文特①。等到他戴上帽子,穿上大衣,完全准备好出门,正站在书房中央戴手套,外面的屋门却吱扭一响开了,有人没有一点声息地走进前堂来。

"是谁啊?"医生问。

"是我,大夫……"走进来的人闷声闷气地回答说。

医生的心忽然怦怦地跳起来,他由于害臊和一种没法理解的恐惧而周身发凉。医士米哈依尔·扎哈雷奇(来人就是他)小声咳嗽着,畏畏缩缩地走进书房里来。他沉默一会儿,用闷声闷气的负疚声调说:

"请您原谅我,格利果利·伊凡内奇!"

医生心慌意乱,不知道该说什么好,他明白医士到

---

① 一种纸牌戏。

他这儿来低声下气请求原谅并不是出于基督徒的谦卑,也不是要用这种谦卑羞辱使他受屈的人,而纯粹是出于利害的考虑:"我要按捺我的性子去请他原谅,这样也许就不会把我赶走,我也不致丢掉饭碗了。……"还有什么能比这个更侮辱人的尊严呢?

"请您原谅……"医士又说一遍。

"您听我说……"医生开口说,极力不看着他,仍旧不知道该说什么好。"您听我说。……我侮辱了您,那么……那么我应当受到惩罚,也就是说应当使您得到满足。……决斗您是不会赞成的。……不过我自己也不赞成决斗。我侮辱了您,那么您……您可以到调解法官那儿去告我的状,我就会受到惩罚。……我们两人一起留在这儿共事是办不到了。……我们之中总得走掉一个,不是我就是您!('我的上帝啊!我对他说的话不对头!'医生惊恐地想道,'多么愚蠢,多么愚蠢啊!')一句话,您去告状吧!我们已经不能共事了!……总得走掉一个,不是我就是您。……您明天去告状吧!"

医士皱起眉头看着医生,他那对黯淡而混浊的眼睛里闪出最最露骨的轻蔑神情。他素来认为医生是个不切实际而又任性的孩子,不过现在他是因为医生发抖,因为他说的话流露出莫名其妙的张皇而看不起他。……

"告就告。"他阴郁而怨愤地说。

"对,您去告状好了!"

"可是您以为怎么样?我不会去告吗?要告就告。……您没有权利打人。而且您该羞愧才对!只有喝醉酒的庄稼汉才打人,可您是个受过教育的人。……"

出乎意外,医生胸膛里的全部憎恨一齐发作起来,他大叫一声,连嗓音都变了:

"滚出去!"

医士勉强走开,好像还有什么话要说似的。他走进前堂,站住,沉思不语。他似乎打定了什么主意,毅然决然地出去了。……

"多么愚蠢,多么愚蠢啊!"医生等他走后嘟哝说,"这一切多么愚蠢,多么庸俗!"

他感到刚才他对待医士的态度像个小孩子。他这才明白过来:所有他那些关于诉讼的想法都不聪明,不能解决问题,反而把问题弄得复杂了。

"多么愚蠢啊!"他坐在双轮马车上,以及后来在军事长官家里玩文特的时候一直这样想,"难道我的教育程度这么差,对生活知道得这么少,竟没有能力解决这个简单的问题?是啊,该怎么办呢?"

第二天早晨,医生看见医士的妻子坐上一辆马车,准备到什么地方去,他心里暗想:"她这是找她的姨妈去了。去就去吧!"

医院里就此缺了个医士。本来应该给执行处写一份公文才对,然而医生仍旧想不出这封信该按什么形式写。现在这封信的大意该是这样:"我请求将医士革职,其实有罪的不是他,而是我。"要把这样的意思叙述得既不荒唐,也不丢脸,这在正派人几乎不可能办到。

大约过了两三天,医生得到消息说,医士到列甫·特罗菲莫维奇那儿诉苦去了。主席没有容他说一句话,跺着脚嚷叫,打发他走掉:"我知道你!出去!我不要听!"医士从列甫·特罗菲莫维奇那儿出来,到执行处去,在那儿递上一份诬告的呈文。在那份呈文里,他没有提到打耳光的事,也没有为自己要求什么,只是向执行处告密,说医生有好几次当他的面不以为然地批评执行处和主席,还说医生治病不得法,不按时到各区去等等。医生听到这些就笑起来,心想:"简直是个蠢货!"他想到医士做出这种蠢事来,不由得害臊,而且可怜他;人为保护自己而做的蠢事越多,他就越得不到保护,越没有力量。

在上述这个早晨过去整整一个星期后,医生收到调解法官的一张传票。

"这真是十足的愚蠢……"他一面在收条上签字,一面暗想,"再也想不出比这更愚蠢的事了。"

美　人　集

在一个阴暗、安静的早晨他坐车到调解法官那儿去,倒不再觉得羞愧,而只觉得烦恼和厌恶了。他生自己的气,生医士的气,生环境的气。……

"我爽性在法庭上说:你们统统见鬼去吧!"他生气地想,"你们全是蠢驴,你们什么也不懂!"

他坐着车子快要走到调解法庭的时候,看见门口站着被传到这儿来作证的他医院里的三个护士,另外还有妖精。妖精正等得不耐烦,调动着两条腿,这时候看见当前这场官司的主要人物来临,高兴得脸都红了。气愤的医生一眼看见护士们和这个活泼愉快的妖精,恨不能像鹰似的扑过去,给她们一场惊吓:"谁让你们离开医院的?请你们马上滚回去!"然而他克制自己,极力装得心平气和,从一群农民中间穿过去,走进法庭。法庭里没有人,调解法官的链子挂在一把圈椅的椅背上。医生走进书记的房间。在那儿,他看见一个瘦脸的年轻人,穿着麻布上衣,衣袋鼓出来,这人就是书记。医士坐在桌子旁边,因为闲着没事做而翻看诉讼案卷。医生一进来，书记就站起来，医士难以为情，也站起来了。

"亚历山大·阿尔希波维奇还没来吗？"医生问道，发窘了。

"还没来。他在家里……"书记回答说。

法庭设在调解法官的庄园上，占着一个厢房。法官本人住在大房子里。医生走出法庭，不慌不忙地往那所房子走去。他瞧见亚历山大·阿尔希波维奇正在饭厅里茶炊旁边。这位调解法官没穿上衣，也没穿坎肩，衬衫胸前的纽扣解开。他正站在桌子旁边，两手捧着茶壶，往一个玻璃杯里给自己斟上像咖啡那么黑的茶。他一眼看见客人来了，就赶快拿过另一个玻璃杯来，斟满茶，也没说客套话，就问道：

"您茶里要不要放糖？"

从前，很久以前，这位调解法官曾在骑兵队里服役，现在虽然由于多年担任被推选的工作而获得四等文官的官衔，然而仍旧没有脱掉军服，也没有丢掉军人的习惯。他留着警察局长式的长唇髭,裤子上镶着饰绦,他的全部行动和话语都渗透军人的风度。他讲话的时候,头总是微微往后仰,话语里夹杂着动听的、将军气派的"哦哦哦……",常常耸动肩膀,转动眼珠。他打招呼或者敬烟,总是两脚并拢,把鞋跟碰响,走路的时候却十分小心,只让马刺发出轻柔的响声,仿佛马刺每响一下就使他痛苦得不得了似的。这时候他请医生坐下来喝茶,然后摩挲着自己宽阔的胸脯和肚子,深深吁一口气,说:

"嗯,是啊。……也许您,哦哦哦……要喝点白酒,吃点凉菜吧?哦哦?"

"不,谢谢,我吃饱了。"

两个人都感到医院里出的乱子没法避而不谈,两个人都觉得别扭。医生沉默着。调解法官用优雅的手势捉住一个叮他胸脯的蚊子,把它转过来掉过去,仔细看了个够,随手把它放掉,然后深深叹一口气,抬起眼睛来瞧着医生,用抑扬顿挫的声调问道:

"我说,您为什么不把他赶走呢?"

医生在他的说话声里听出同情的调子。医生忽然可怜自己,感到这一个星期以来他所处的窘境使他多么疲惫和困顿。他露出仿佛他的耐性终于耗尽的神情,从桌旁站起来,愤愤地皱起眉头,耸一下肩膀,说:

"赶走!您怎么会说这种话,真的。……奇怪,您怎么会说这种话!难道我能把他赶走?您坐在这儿,心里以为我在医院里是主人,我要干什么就可以干什么!奇怪,您怎么会这样想!既然医士的姨妈在列甫·特罗菲梅奇家里做保姆,既然列甫·特罗菲梅奇需要扎哈雷奇这样的耳目和奴才,难道我还能把他赶走?既然地方自治局把我们这些医生看得一钱不值,既然地方自治局处处跟我们为难,那我还能有什么作为?叫他们见鬼去吧,我不愿意干下去了,就是这么的!我不愿意干下去了!"

"得了,得了,得了。……可以这么说,您,我亲爱的,未免太认真了。……"

美 人 集

"首席贵族千方百计要证实我们都是虚无主义者,暗中窥探我们,轻视我们,像对待他的文书一样。他有什么权利趁我不在,到医院里来向护士和病人问这问那?难道这不是侮辱吗?还有你们那个装疯卖傻的教徒谢敏·阿历克塞伊奇,他亲自耕地,不相信医学,因为他跟牛那么健壮饱满,他当着我们的面公然骂我们是寄生虫,怪我们混饭吃!见他的鬼!我一天到晚工作,从不知道休息。这地方更需要的是我,而不是所有这些装疯卖傻的教徒、伪君子、革新派和别的小丑!我埋头工作,身体也熬坏了,可是他们非但不感激我,反而骂我混饭吃!我对你们真是感激不尽!人人都认为自己有权利管他不该管的事,有权利教训人,辖制人!还有你们执行处的委员卡木恰特斯基,他在地方自治局会议上谴责医生,说我们用掉的碘化钾太多,建议我们使用可卡因①的时候要当心!我要问您:他

---

① 一种麻醉剂。

懂得什么？这干他什么事？为什么他就不教您怎样审案子呢？"

"可是……可是,我的好人,他本来就是粗人,乡巴佬。……你不能跟他计较这些。……"

"粗人,乡巴佬,可是你们推选这个游手好闲的家伙做委员,容许他把鼻子往各处拱！瞧,您笑了！依您看来这都是小事,微不足道,不过您要知道,这种小事那么多,它们构成了整个生活,如同沙子堆成山一样！我再也忍不下去！我受不住了,亚历山大·阿尔希培奇！再过些时候,我跟您担保,我不但会打人的脸,甚至会开枪打死人！您得明白:我的神经是神经,而不是铁丝。我也跟您一样是人呀。……"

医生的眼睛里满是泪水,嗓音发颤；他扭过脸去,开始瞧着窗外。随后,他沉默了。

"嗯,对了,可敬的朋友……"调解法官沉思地喃喃说,"另一方面,要是冷静地想一想,那么……"调解法官说着,捉住一只蚊子,使劲眯细眼睛,把它翻来覆去看个够,然后掐死,丢在一只洗杯盆里。"……那么,您明白,简直没有理由把他赶走。您把他赶走,可是接替他职务的也还是这样的人,甚至可能比他更差。您换一百个人,到头来,好的连一个也找不着。……个个都是坏蛋,"调解法官说,摩挲着胳肢窝底下,慢慢地吸烟,"对这种恶劣现象,人也只好睁一只眼闭一只眼。我得告诉您,在当前这个时代,诚实而不灌酒的、您觉得可靠的工作人员只在知识分子和农民当中才有,也就是说,只有在这两个极端当中才能找到。可以这么说,您能找到最诚实的医生、最出色的教师、最诚实的农夫和铁匠,然而中间的人,如果可以这么说的话,也就是那些出身平民、却还没有成为知识分子的人,却都靠不住。因此要找到诚实而不灌酒的医士、文书、店员等等,是非常困难的。困难极了!我从戈罗赫沙皇时代起就在司法界服务,在我服务的整个时期我一次也没用到过诚实而不灌酒的书记,不过我这一辈子倒赶走过无数的书记哩。这些人没有一点道德心,更不要说什么……哦哦哦……所谓原则了。……"

"为什么他说这些话呢?"医生暗想,"我跟他说的都不贴题。"

"喏,前不久,就是上星期五,"调解法官继续说,"我的那个久仁斯基干出一件您再也想象不到的事儿。他叫一些酒鬼傍晚去找他,鬼才知道他们是什么路数。他就在法庭里跟他们灌了一夜酒。您看如何?我一点也不反对喝酒。见他的鬼,他要喝就尽管喝,可是何必把那些身份不明的人弄到法庭里去呢?是啊,您想想看,从卷宗里偷去随便什么证件、票据等等,可以不费吹灰之力!您猜怎么着?在这场豪饮之后,我不得不用两天工夫检查全部案卷,看看有没有遗失什么东西。……是啊,您拿这个可恶的家伙有什么办法?把他赶走吗?好吧。……可是您怎么能担保另换一个人不更糟呢?"

"况且怎么能把他赶走呢?"医生说,"赶走一个人,只有嘴上说说容易。……既然我知道他有妻子儿女,他在挨饿,我又怎么能赶走他,害得他丢掉饭碗呢?他和他的家人如何是好呢?"

"鬼才知道这是怎么回事,我说的全不对头!"他暗想,而且觉得奇怪:他无论如何也没有办法把他的意识固定在哪个明确的思想上,或者固定在哪种感情上。"这是因为我浅薄,不善于思考。"他暗想。

"您所谓的中间的人,都不可靠,"他接着说,"我们赶走他,骂他,打他的脸,可是我们也得设身处地替他想一想。他既不是庄稼汉也不是地主,不伦不类,他的过去是辛酸的,他的现在无非是每月二十五卢布的薪金、挨饿的家属、属员的身份,他的将来呢,哪怕再工作一百年,也仍旧是那二十五卢布、那仰人鼻息的地位。他没有受过教育,没有财产;他没有工夫看书或者到教堂去祈祷。他不听我们的话,因为我们不让他接近我们。他就这样一天天地混到死,根本没有什么希望过比较好的生活,吃得半饥半饱,生怕被人从公家宿舍里赶出去,不知道该把子女安顿到哪儿去才好。那么,您说说看,他怎么能不酗酒,不盗卖公物呢?他怎么会有原则呢?"

"我们简直像是在讨论社会问题,"他暗想,"多么不贴题啊,主啊!再者,说这些有什么用呢?"

门铃声响了。有人坐着马车进了院子,先是到法庭,然后来到大房子的门廊前面。

"他自己来了,"调解法官瞧着窗外说,"得,您可要倒霉了!"

"劳驾,您快点放我走吧……"医生要求道,"如果可能的话,您就不要按照顺序审理我的案子。真的,我忙得很。"

"好,好。……只是我还不知道,老兄,这个案子是不是归我管。要知道,您跟医士的关系,可以说,是公务的关系。再者,您是在执行公务的时候打他的。不过我也不十分清楚。我们马上问一下列甫·特罗菲莫维奇吧。"

传来匆促的脚步声和沉重的叹息声,门口出现了主席列甫·特罗菲莫维奇,他是个须发皆白的老人,头顶先秃,胡子很长,眼皮发红。

"你们好……"他叹口气说,"哎哟,老兄!你吩咐一声,法官,叫人给我拿克瓦斯来!真要命。……"

他往圈椅上一坐,然而立刻很快地跳起来,跑到医生跟前,生气地瞪大眼睛瞧着他,用尖利刺耳的男高音讲起来:

"我很感激您,感激极了,格利果利·伊凡内奇!十分领情,多谢多谢!我永生永世也忘不了!干这号事可不够朋友!随您怎么说,您简直昧了良心!为什么您早不告诉我?您把我看成什么人?什么人?是仇人还是局外人?我是您的仇人吗?难道我以前什么时候拒绝过您的什么要求?啊?"

主席瞪大眼睛,动着手指头,喝足了克瓦斯,很快地擦一下嘴唇,接着说:

"我十分感激您,十分感激您!为什么您早不告诉我?要是您对我还有一分感情,就该坐车来找我,像朋友似的说:'亲爱的,列甫·特罗菲梅奇,如此这般……这样一回事……'我一下子就会给您把事情全处理妥当,用不着闹出这种笑话来。……那个混蛋,好像吃了迷魂汤似的,跑遍全县,跟那些娘们儿说您的坏话,中伤您。您呢,说来丢脸(请您原谅我这么说),想出些鬼才明白的主意,硬逼那个混蛋去告状!丢脸啊,丢尽脸了!大家都问我这究竟是怎么回事,怎么个情形,可是我这个主席一点也不知道你们那儿出了什么事。您居然根本不需要我帮忙!我十分感激您,十分感激您啊,格利果利·伊凡内奇!"

主席深深一鞠躬,甚至满脸通红,然后走到窗前,喊道:

"席加洛夫,叫米哈依尔·扎哈雷奇到这儿来!对他说,马上就到这儿来!这可不好,大夫!"他说着,从窗口走开,"连我的妻子都生气了,大概为此对您很有点好感呢。您,先生,未免太自作聪明!您胡干一气,好像这样才合乎情理,才有原则,才有声有色,可是您只会闹出一个结果:把事情弄得一团糟。……"

"您不想合情合理地办事,那么您会得出什么结果来呢?"医生问。

"我会得出什么结果来? 喏,会得出这样的结果:如果我现在不到这儿来,您就会丢您自己的脸,也会丢我的脸。……算您有造化,我来了!"

医士走进房来,站在门旁。主席站定,侧着身子对着他,手插在衣袋里,嗽了嗽喉咙,说:

"马上给大夫赔罪!"

医生涨红脸,跑到隔壁房间去了。

"喏,你看见了,大夫不愿意让你赔罪!"主席接着说,"他希望你不是用话语而是用行动来表现你的改悔。你能做出保证,从今天起永远听话,戒酒吗?"

"我能做出保证……"医士用男低音阴郁地说。

"小心! 求主保佑你不要再出毛病! 要不然我一下子就叫你丢掉差事! 如果再出什么事,你就别来求情。……好,回去吧。……"

医士本来对自己的不幸已经听天由命，如今竟有这样的转变，这对他来说是一件出乎意外的事。他高兴得脸都发白了。他想说一句什么话，往前伸出手去，可是什么也没说出来，傻笑着，走出去了。

"瞧，完了！"主席说，"根本就用不着打什么官司。"

他如释重负地吐一口气，做出刚刚干完一件很困难很重大的事的样子，瞧着茶炊和玻璃杯，搓着手说：

"和事佬是有福的。……你给我斟上一小杯吧。不过，你先吩咐人拿点凉菜来。……嗯，白酒也要一点。……"

"诸位先生，这可不行！"医生说着，走进饭厅里来，仍旧满脸通红，绞着手。"这……这成了一出滑稽剧！糟得很！我受不了。与其照这样用轻松喜剧的方式解决问题，倒不如审判二十次。不行，我受不了！"

"那么您要怎么样呢？"主席顶了他一句，"把他赶走吗？行，我来赶就是。……"

"不,不是把他赶走。……我也不知道我要怎么办,不过,诸位先生,照这样对待生活……唉,我的上帝!这真叫人痛苦呀!"

医生心烦意乱,开始找他的帽子,可是没有找着,就浑身瘫软地坐落在圈椅里。

"糟得很!"他又说一遍。

"我亲爱的,"调解法官开始小声说,"可以说,我对您还有点弄不懂。……要知道,您在这件事上是有过错的!在十九世纪末,打人耳光这种事,不管您怎么想,在某种程度上有点那个……他是个混蛋,不过……哦哦哦……您会同意,您的举动也不慎重啊。……"

"当然!"主席同意说。

白酒和凉菜端上来了。在告别的时候,医生心不在焉地喝下一杯酒,吃了一个小红萝卜。临到他返回自己的医院,他的思想蒙上了一层雾,像是秋天早晨的草地。

"上个星期受那么多苦,动那么多脑筋,说那么多话,"他暗想,"难道就是为了让这件事如此荒谬庸俗地结束吗?多么愚蠢!多么愚蠢啊!"

他心中羞愧,因为他把外人牵连到他的私人问题中来了,因为他对这些人说了那么一些话,因为他有喝酒和生活散漫的习惯而喝了那杯酒,还因为他不明事理,思想不深刻。……他回到医院里,立刻开始查病房。医士在他身旁走来走去,脚步像猫那么轻,对医生问的话也轻声回答。……医士也好,妖精也好,护士也好,都装出根本没有发生什么事、天下太平的样子。医生本人也极力装得毫不介意。他下命令,发脾气,跟病人开玩笑,然而他的脑子里不住地涌现出两个字:

"愚蠢,愚蠢,愚蠢……"

犯　法

八等文官米古耶夫傍晚出门散步,在一根电线杆旁边停住脚,深深叹口气。一个星期以前,他傍晚散步完毕,准备回家的时候,他旧日的女仆阿格尼雅正是在这个地方追上来,恶狠狠地对他说:

"瞧着吧,你等着就是!我要给你点厉害看看,叫你知道糟蹋一个清白的姑娘是什么味道!我要把娃娃悄悄丢在你家门口,要去打官司,要对你的妻子说穿。……"

她强逼他到银行里在她的名下存五千卢布。米古耶夫想起这些,叹口气,再一次带着由衷的悔恨责备自己不该放纵一时的迷恋,招来这许多麻烦和痛苦。

米古耶夫走到他别墅门口,就在小小的门廊上坐下来歇口气。这时候是十点整,云里露出一小块月亮。街上和别墅附近没有一个人影:住在别墅区的老年人已经上床睡觉,年轻人还在小树林里散步。米古耶夫想抽烟,伸手在两边衣袋里找火柴,可他的胳膊肘却碰到一个柔软的东西。他闲着没有事做,就朝右胳膊肘底下瞥了一眼,他的脸色顿时大变,现出十分害怕的样子,好像看见身旁有一条蛇似的。原来靠近门口的小门廊上放着一个包袱。那是一个长方形的东西,外边用什么东西包着,凭摸上去的感觉来判断,像是用一条棉被包着似的。包袱的一头微微张开,八等文官伸进手去,摸到一个温暖而湿润的东西。他害怕得跳起来,往四下里看一眼,就像罪犯打算从看守身边逃跑似的。……

"她真的悄悄丢在这儿了!"他握紧拳头,咬着牙,恶狠狠地说,"这儿躺着的……这儿躺着的就是我犯法造下的孽!啊,上帝!"

他又怕又气又羞,怔住了。……现在可怎么办?要是他妻子知道了,会怎么说?他那些同事会怎么说?这样一来,大人一定会拍着他的肚子,鼻子里发出笑声,说:"我给你道喜。……嘻嘻嘻。……这真是人老心不老啊……调皮的家伙,谢敏·艾拉斯托维奇!"这一下子,整个别墅区都会知道他的秘密,那些可敬的家庭的母亲恐怕要给他吃闭门羹了。所有的报纸都会登出这个弃婴的消息,于是米古耶夫的卑微的名字就会传遍全俄国。……

他那别墅的中间窗子是开着的,从窗子里清楚地传来米古耶夫的妻子安娜·菲里波芙娜摆晚饭的声音。院子里,就在靠近大门的地方,扫院人叶尔莫拉依弹着三弦琴,发出悲凉的琴音。……只要这个婴儿醒过来,哇哇地啼哭,这个秘密就会戳穿。米古耶夫生出一种不可遏止的欲望,想赶快把这件事处理掉。

"快,快……"他嘟哝说,"趁人家没看见,马上就办。我把他送到别处去,放到旁人家的门廊上去。……"

米古耶夫用一只手拿起包袱,悄悄地顺着大街走去,步子从容,免得引人怀疑。……

"这局面糟糕得出奇!"他想,极力装出满不在乎的样子,"堂堂一个八等文官,却抱着个娃娃在街上走!啊,上帝,要是有人看见,知道这是怎么回事,我就完蛋了。……我把他放在这个门廊上好了。……不,别忙,这儿有扇窗子开着呢,也许有人会看见我。那么把他送到哪儿去好呢?啊哈,有办法了,我把他送到商人美尔金的别墅去。……商人有钱,心肠软。也许他们倒会道一声谢,把他收养下来呢。"

米古耶夫决定把婴儿送到美尔金家门口,虽然这个商人的别墅坐落在别墅区边沿靠近河道的一条街上。

"但愿这个娃娃不放声大哭,不从包袱里掉出来才好。"八等文官暗想,"这实在是多谢多谢,意想不到!胳肢窝里像夹着个皮包似的夹着个活人。这么个活人,有灵魂,有感情,跟所有的人一样。……要是美尔金家真的肯收养他,他将来也许会成为一个人物呢。……说不定他会做教授,做统帅,做作家。……要知道,这个世界上什么事都可能发生!现在我把他夹在胳肢窝里像夹个废物似的,可是过上三四十年,我在他面前也许就要站得笔直呢。……"

等到米古耶夫穿过一条荒凉的窄巷,经过很长的篱墙,在椴树的浓重黑影下往前走去,他忽然觉得他在做一件很残忍的、犯罪的事。

"说真的,这样做是多么卑鄙!"他想,"卑鄙得很,简直想不出还有比这更卑鄙的了。……是啊,为什么我们把这个不幸的孩子从这个门口丢到那个门口呢?难道他生下来是他的过错吗?他有什么地方对不起我们？我们才是坏蛋。……我们喜欢寻欢作乐，却轮到这些无辜的娃娃来受罪。……只要把这件事细细想一想就成了！我放荡行乐，残酷的命运却在等待这个孩子。……我悄悄地把他送到美尔金家的门口去，美尔金家就会把他送到育婴堂去，育婴堂里呢，都是生人，全是死板板的一套……既没有温存，也没有爱，更没有娇宠。……日后他们就把他送去做鞋匠……他就会死命灌酒，学会用下流话骂人，活活饿死了事。……他做鞋匠，可他原是八等文官的儿子，出身高贵。……他是我的亲骨肉啊。……"

米古耶夫从椴树的树荫下走出来，来到月光明亮的大路上，解开包袱，看一眼那个婴儿。

"睡着了，"他小声说，"瞧，这个小坏包长的是鹰钩鼻，跟他爸爸一样。……他睡着了，没有觉出他的亲爸爸在瞧他呢。……这是一出悲剧，孩子。……哎，也罢，你就原谅我吧。……你宽恕我吧，孩子。……看来，这也是你命中注定。……"

美 人 集

八等文官眨巴眼睛,觉得有些小蚂蚁般的东西顺着他的脸爬下来。……他包好婴儿,把他夹在腋下,往前走去。到美尔金别墅去的一路上,各种社会问题涌到他的脑子里,他的良心在胸中隐隐作痛。

"如果我是个堂堂正正的人,"他想,"我就会不顾一切,带着婴儿走到安娜·菲里波芙娜跟前,对她跪下,说:'宽恕我吧!我犯了罪!你管自折磨我,可是我们不能断送这个无辜的婴儿。我们没有孩子,我们就收养他吧!'她是个心肠好的女人,会答应下来的。……那我的孩子就会跟我住在一块儿了。……唉!"

他走到美尔金的别墅跟前,游移不决地站住。……他想象自己坐在自家客厅里看报,身旁有个生着鹰钩鼻的男孩依偎着他,玩弄他长袍上的穗子,同时,他的幻想里又出现眨眼的同事,大人鼻子里发笑,而且拍他的肚子。……除了良心隐隐作痛以外,他心里还有一种温柔、暖和、哀伤的感觉。……

八等文官将婴儿小心地放在露台的台阶上,然后把手一挥。又有些小蚂蚁顺他的脸爬下来。……

"孩子,原谅我这坏蛋!"他嘟哝说,"别怨我!"

他退后一步,可是立刻坚决地噈一下喉咙,说:

"哎,豁出去了!我什么都不顾了!我要留下他,随人家说去吧!"

米古耶夫抱起婴儿,很快地往回走。

"随人家说去吧。"他想,"我马上就到她那儿去,跪下,说:'安娜·菲里波芙娜!'她是个心眼好的女人,会明白的。……我们要收养他。……如果他是个男孩,就给他取名叫符拉季米尔,如果是女孩,就叫安娜。……反正到我们老年,他总是我们的安慰。……"

他果然照他决定的做了。他又害怕又羞惭,流着眼泪,屏住呼吸,存着希望和模糊的欢乐,走进自己的别墅,照直来到他妻子跟前,对她跪下。……

"安娜·菲里波芙娜!"他把婴儿放在地板上,哭着说,"你先别惩罚我,让我把话说完。……我犯下

美 人 集

罪！这是我的孩子。……你还记得阿格纽希卡①吧,喏……魔鬼迷了我的心窍。……"

他又羞又怕,几乎失去了知觉,没等妻子答话就跳起来,像挨了鞭子似的跑到外面露天底下去了。……

"我就待在外面,等她叫我再进去。"他想,"让她定一定心,好好考虑一下。……"

扫院人叶尔莫拉依拿着三弦琴走过他身边,看他一眼,耸耸肩膀。……过了一分钟,他又走过他面前,又耸了耸肩膀。

"这可是怪事,真是想不到。"他喃喃地说,冷笑一声,"刚才,谢敏·艾拉斯狄奇②,有个娘们儿,就是洗衣女工阿克辛尼雅,到这儿来过。这个傻娘们儿把她的娃娃放在靠街的门廊上,她自己在我那儿坐了一会儿,也不知什么人一下子把她的娃娃抱走了。……这可意想不到！"

---

① 阿格尼雅的爱称。
② 谢敏·艾拉斯托维奇的简称。

"什么？你说什么？"米古耶夫扯开嗓门大叫一声。

叶尔莫拉依误会了主人愤怒的含意,搔搔头皮,叹口气。

"请您包涵,谢敏·艾拉斯狄奇,"他说,"如今是消夏的时令……不这样不行啊……那就是说,没有女人是不行的。……"

他看一眼主人那对圆睁着的、气愤而惊讶的眼睛,就负疚地嗽一下喉咙,接着说：

"这当然是造孽,不过说实在的,这也没有办法。……您不准野女人到院子里来,这我知道,可是说实在的,上哪儿去找我们自己的女人呢。先前阿格纽希卡在这儿干活,我就没叫野女人进来过,因为家里有了,可现在,您自己也看得清楚……不找野女人可就不行了。……当初有阿格纽希卡在,那么自然,就不会有这种乱七八糟的情形,因为……"

"滚开,混蛋!"米古耶夫对他大叫一声,跺着脚,走回房间去了。

安娜·菲里波芙娜坐在原处没动,又吃惊又生气,始终没有让她模糊的泪眼离开那个婴儿。……

"算了,算了……"脸色苍白的米古耶夫嘟哝说,撇着嘴苦笑,"我这是开了个玩笑。……这不是我的孩子,他是……他是洗衣女工阿克辛尼雅的。我……我开了个玩笑。……你把他送到扫院人那儿去吧。"

悲 剧 演 员

这场戏是悲剧演员费诺盖诺夫的专场纪念演出。

他们在演《谢列勃良内公爵》。纪念演出的当事人扮演维亚泽姆斯基,剧团经理李莫纳多夫扮演侍从莫罗左夫,表巴赫托娃小姐扮演叶连娜。……演出成功极了。悲剧演员简直创造了奇迹。他用一只手搂走叶连娜,把她高举到头顶上方,就这么举着穿过舞台。他哇哇地喊,嘶嘶地叫,不住地跺脚,使劲撕扯胸前的衣服。临到他拒绝同莫罗左夫决斗,他周身就瑟瑟地发抖,在现实生活里是绝不会抖成那种样子的,同时他还呼呼地喘气。剧院被鼓掌声震得发颤。谢幕的次数没完没了。观众给费诺盖诺夫送来银烟盒和扎着长丝带的花束。太太们摇着手绢,逼男人们鼓掌,许多人哭了。……可是对这种表演最入迷、最激动的,莫过于县警察局长西多烈茨基的女儿玛霞。她坐在正厅第一排,紧挨着爸爸,甚至到休息时间也不肯让眼睛离开舞台,完全入迷了。她那纤细的胳膊和腿抖个不停,眼睛里满是泪水,脸色越来越苍白。这是不足为怪的:她还是生平第一次进剧院呢!

"他们演得多么好!多么精彩!"她每到幕布放下来,就转过脸去对做县警察局长的爸爸说,"费诺盖诺夫多么好啊!"

如果爸爸善于察言观色,就会在他小女儿苍白的小脸上看出她的痴迷已经达到痛苦的程度。她不但为表演痛苦,也为剧情痛苦,还为布景痛苦。休息时间军乐队开始奏乐,她却疲乏得闭上眼睛了。

"爸爸!"她在最后一次幕间休息的时候对父亲

说,"你到后台去,跟他们大家说,要他们明天到我们家里来吃饭!"

县警察局长就走到后台去,在那儿称赞大家演技精湛,而且对表巴赫托娃小姐恭维说:

"您那美丽的脸应该画成一幅油画才对。啊,为什么我就不会使用画笔!"

他并拢两个脚跟行礼,然后邀请演员们到他家里去赴宴。

"大家都来吧,只有女性除外,"他小声说,"女演员不要去,因为我有个小女儿。"

第二天,演员们到县警察局长家里赴宴。来客只有剧团经理李莫纳多夫、悲剧演员费诺盖诺夫和喜剧演员沃多拉左夫,别的演员都推脱没有工夫而不肯来。这顿饭吃得乏味。李莫纳多夫不住向县警察局长保证说,他尊敬县警察局长,而且一般说来,一切长官他都是敬重的。沃多拉左夫表演喝醉酒的商人和亚美尼亚人。费诺盖诺夫是个又高又壮实的小俄罗斯人(在身份证上他姓克内希),生着黑眼睛,额头上有细纹,他朗诵两段台词:"在大门的入口"和"生存还是死亡"①。李莫纳多夫眼睛里含着泪水,叙述他同前任省长卡纽钦将军的会晤经过。县警察局长听着,觉得乏味,随和地微笑着。尽管李莫纳多夫身上有一股烧焦的羽毛的浓重气味,尽管费诺盖诺夫穿着别人的礼服和后跟踩歪的皮靴,县警察局长也还是感到满意。他的小女儿喜欢他们,他们引得她兴高采烈,这在他就心满意足了!玛霞瞧着那些演员,眼睛一分钟也不放松他们。她以前从没见过这样聪明而了不起的人!

傍晚县警察局长和玛霞又到剧院里去。过了一个星期,演员们又到长官家里去赴宴。从此他们几乎每天都到县警察局长家去,或是吃中饭,或是吃晚饭。玛霞也越发迷恋剧院,每天都去。

她爱上了悲剧演员费诺盖诺夫。在一个天气晴和

---

① 引自莎士比亚的悲剧《哈姆雷特》。

的早晨,县警察局长出外去迎接主教,她却随同李莫纳多夫的剧团一起逃跑,在旅途中跟她所爱的人举行婚礼了。演员们庆祝他们的婚礼以后,写了一封富于感情的长信,寄给县警察局长。这封信是大家合力写成的。

"你给他点出主题来,你给他点出主题来!"李莫纳多夫说,指点沃多拉左夫怎样写信,"你写上几句对他表示敬意的话。……他们这班当官的就喜欢这一套。……你再添上那么几句……惹得他掉泪的话。……"

这封信的回音,却使人非常扫兴。县警察局长不认他的女儿了,因为照他信上的话来说,她嫁了一个"愚蠢的、游手好闲的、没有固定职业的小俄罗斯人"。

玛霞接到回信后第二天,写给她父亲一封信,说:

"爸爸,他打我!你原谅我们吧!"

他打她,而且就在后台,当着李莫纳多夫、洗衣女工、两个管灯工人的面打她!他想起举行婚礼的四天

美 人 集

以前,傍晚时分,他同全剧团的人坐在伦敦饭馆里,大家谈到玛霞,剧团里的人都劝他"冒一冒风险",李莫纳多夫眼睛里含着泪水,劝告他说:

"错过这样的机会是愚蠢的,不合算的!要知道,为了弄到这么一笔钱①,慢说是结婚,就是流放到西伯利亚去也干!你结了婚,就自己开办剧院,那时候你务必约我去参加你的剧团。到那时候当家做主的就不是我,而是你了。"

费诺盖诺夫想起这些,就捏紧拳头,嘟哝说:

"要是他不寄钱来,我就把她打个稀巴烂。我不允许人家欺骗我,他妈的!"

这个剧团离开某省城的时候本想瞒住玛霞,悄悄走掉,不料被玛霞发觉,她赶到火车站去,那时候第二遍铃声已经响过,演员们已经坐在火车里了。

"我受了您父亲的侮辱!"悲剧演员对她说,"我们

---

① 指旧俄婚姻风俗中女方带到男家来的大笔陪嫁钱。

之间一刀两断!"

可是她,不顾车厢里坐满了人,却弯下细小的腿,跪在他面前,伸出手去求他。

"我爱您!"她恳求道,"不要把我赶走,康德拉契·伊凡内奇!没有您,我就活不下去呀!"

演员们听到她的哀求,商量一阵,就把她留在剧团里,让她扮演"地道的伯爵夫人"角色,这个名字是用来称呼那些小女演员的,她们通常夹在人群中出台,扮演没有道白的角色。……起初玛霞扮演使女和贴身丫鬟,可是后来,李莫纳多夫剧团之花表巴赫托娃小姐跑掉了,他们就让她演少女角色①。她演得不好:吐字不清,心慌意乱。可是不久她就习惯了,开始为观众所喜爱。费诺盖诺夫却很不满意。

"难道这也算是女演员?"他说,"既没有身段,也没有风度,无非是……瞎胡闹罢了。……"

---

① 原文为法语。

美 人 集

在某省城,李莫纳多夫剧团上演席勒①的《强盗》。费诺盖诺夫扮演弗朗茨,玛霞扮演阿玛莉亚。悲剧演员哇哇地喊,瑟瑟发抖。玛霞念台词像念背熟的课文似的。要不是出了点小岔子,这次演出就会像往常那样对付过去。本来一切倒还顺利,可是演到弗朗茨向阿玛莉亚表白爱情,她抓住他的长剑的时候,出岔子了。那个小俄罗斯人哇哇地嚷,嘶嘶地叫,周身发抖,把玛霞搂在他铁一般的怀抱里。可是玛霞非但没有把他推开,对他喝一声"滚开",反而在他的怀抱里像小鸟似的颤抖起来,不动了。……她似乎浑身僵住了。

"您可怜可怜我吧!"她凑着他的耳根小声说,"啊,您可怜可怜我吧! 我多么不幸啊!"

"你把台词忘了! 快听提词人提词!"悲剧演员压低喉咙轻声说着,把长剑塞在她手里。

散戏以后,李莫纳多夫和费诺盖诺夫在售票处里

---

① 席勒(1759—1805),德国诗人和剧作家。

坐着闲谈。

"你的老婆没记熟台词,这话你说得对……"剧团经理说,"她不懂她的行当。……各人都有各人的行当。……可是她的行当她就不懂。……"

费诺盖诺夫听着,叹气,皱起眉头,越皱越紧。……

第二天早晨玛霞在小杂货铺里坐着写信,在信上说:

"爸爸,他打我!请你原谅我们!给我们寄钱来吧!"

江　鳕

夏季的一天早晨。四周颇为寂静,只有一只蝈蝈在河岸上嚯嚯地叫,不知什么地方有只小鹰在胆怯地啼鸣。天上有些羽毛般的白云,纹丝不动,像是撒在那里的雪。……在一座正在修建的浴棚旁边,在柳丛的绿枝下面,木匠盖拉西木在河水里扑腾,他是个又高又瘦的农民,生着棕红色的鬈发,脸上满是胡子。他喷着气,喘吁吁的,使劲眯巴眼睛,极力要从柳丛的树根底下拽出一个什么东西来。他满脸是汗。离盖拉西木一俄丈远,木匠留比木站在齐脖子深的水里,那是个年轻而驼背的农民,生着三角脸,眼睛像中国人那么细。盖拉西木和留比木都穿着衬衫和衬裤。他们冻得肤色发青,因为已经在河水里泡了一个多钟头了。……

"你干吗老是把手捅来捅去?"驼背的留比木嚷着,抖得像在发烧似的,"你这个笨蛋!你得抓住它,抓紧,不然它就跑掉了,该死的!我说,你倒是抓住呀!"

"它跑不了。……它能跑到哪儿去?它藏到树根底下去了……"盖拉西木用沙哑而低沉的男低音说,这声音似乎不是从喉头发出,而是从肚子深处发出的,"它滑得很,这个鬼东西,怎么也抓不住。"

"你抓住它的鳃,抓住它的鳃嘛!"

"可是鳃在哪儿,却看不见。……慢着,我抓住一个什么东西了。……抓住的是嘴唇。……它咬我,这个鬼东西!"

"你不要拽嘴唇,不要拽,那会把它放跑的!你要抓住它的鳃,抓住它的鳃嘛!你又把你的手捅来捅去!

你也真是个不明事理的庄稼汉,求圣母宽恕吧!你抓住呀!"

"'你抓住呀。'……"盖拉西木学着他的腔调说,"他倒成了司令官。……那你该走过来,自己抓,驼背的魔鬼。……你干吗站在那儿不动?"

"要是我能过去,我就抓得住。……我的个子这么矮,难道能在靠岸那边站着吗?那边水深!"

"水深也没关系。……你可以把身子浮在水面上。……"

驼子就挥动胳膊,游到盖拉西木跟前,用手抓住树枝。他刚刚试着站稳,不料连头一齐沉进水里,水面上冒出水泡来了。

"我说过这儿水深嘛!"他说着,生气地转动眼珠,"你要我骑在你的脖子上还是怎的?"

"那你就在死树根上站着。……死树根很多,就像梯子似的。……"

驼子用脚后跟摸索到死树根,立刻伸手抓紧几根树枝,让脚在死树根上站定。……他保持住身体的平衡,在新地方站稳以后,就弯下腰,极力不让河水灌进他的嘴里,开始伸出右手,在树根之间摸来摸去。他的手缠在水藻里,在死树根表面的青苔上滑来滑去,不料碰到一只螃蟹的尖螯……

"没想到这儿还有你,魔鬼!"留比木说,恶狠狠地把那只螃蟹往岸上扔去。

最后他的手摸到盖拉西木的胳膊,再顺着胳膊往下摸,结果摸到一个又滑又凉的东西。

"喏,就是它!……"留比木微笑着说,"个头好大呀,这个鬼东西。……你张开手指头,我马上就……就抓住它的鳃。……慢着,你不要用胳膊肘撞我……我马上就抓住……马上就抓住,只要让我的手能够到它就行。……他妈的,它在死树根的紧底下躲着呢,怎么也抓不住。我摸不着它的头。……我觉得它好像只有肚子。……你快把我脖子上的蚊子拍死,它叮得人好痛!我马上就……就抓住它的鳃。……你从旁边来,推它,推!你拿手指头扎它!"

驼子鼓起腮帮子,屏住呼吸,瞪大眼睛,看来他已经用手指头钩住"它的鳃",可是这当儿他的左手揪住的那几根树枝折断了,他就失去平衡,扑通一声摔进了水里!一些圆形波纹仿佛受了惊吓似的从岸边荡开,在他落水的地方冒起水泡来了。驼子钻出水面,喷着鼻子,抓住树枝。

"你会淹死的,魔鬼,那我还得为你负责!……"盖拉西木用沙哑的声音说,"你爬出水去,滚你的!我自己来拽它!"

他们两个人开始相骂。……太阳越晒越热。阴影变得短了,像蜗牛的触角似的缩回自己的身体里去了。……高高的青草给太阳晒得冒出浓重而甜腻的香气。快到中午了,可是盖拉西木和留比木仍旧在柳丛底下扑腾。沙哑的男低音和受冻而尖细的男高音不断打破夏日的寂静。

"揪住它的鳃,揪住!慢着,我会把它推出来!可是你把你那个大拳头往哪儿扎？你得用手指头，不能用拳头，丑八怪！你从旁边来！从左边来，左边，右边是个深坑！你会给妖精当晚饭吃掉！揪住它的嘴唇！"

这时候响起了鞭子的噼啪声。……顺着平缓的岸坡，一群牲口懒洋洋地走下河来饮水，由牧人叶菲木用鞭子赶着。牧人是个年迈的老汉，只有一只眼睛，歪着嘴。他低头走路，瞧着脚旁边。先走到水边的是羊群，随后是马群，最后是牛群。

"你在它身子底下推它！"他听见留比木的说话声，"你把手指头往里伸！你是聋子还是怎么的，魔鬼？呸！"

"你们在捉什么呀，伙计们？"叶菲木叫道。

"捉一条江鳕！怎么也揪不出来！它躲在死树根底下！你从旁边来！来，来呀！"

叶菲木眯细眼睛对着那两个捕鱼人瞧了一会儿，然后脱掉树皮鞋，从肩膀上卸下小袋子，随后脱掉衬衫。他不耐烦再脱裤子,就在胸前画了个十字,张开两条又瘦又黑的胳膊稳住身体,穿着裤子走进河水里。……他在积满淤泥的河底上大约走了五十步,随后就开始游水。

"等一下,小伙子!"他叫道,"等一下,你们不要胡乱往外揪它,那样会把它放跑的。这得会捉!……"

叶菲木参加到木匠当中去,三个人呼哧呼哧地喘气,嘴里骂骂咧咧,胳膊肘撞着胳膊肘,膝盖碰着膝盖,在一处挤来挤去。……驼背留比木呛了几口水,空中就响起尖利而急剧的咳嗽声。

"赶牲口的跑到哪儿去了?"河岸上响起喊叫声,"叶菲木!赶牲口的!你在哪儿啊?你的牲口钻进园子里去了!你去赶出来,从园子里赶出来!你去赶啊!可是他到底在哪儿呢,这个老强盗?"

这时候响起几个男人的说话声,随后是女人的说话声。……地主安德烈·安德烈伊奇从地主园子的栅栏里走出来,身上穿着波斯绸的长袍,手里拿着报纸。……他带着疑问的神情往嚷叫声那边看,而嚷叫声是从河里传来的,他就踩着碎步赶快往浴棚走来。……

"这儿出了什么事?是谁在嚷?"他隔着柳丛枝子看见三个捕鱼人湿漉漉的头,厉声问道,"你们在这儿闹哄什么?"

"我们……我们在捉鱼……"叶菲木支吾道,没有抬起头来。

"我要给你点厉害,看你还捉鱼不!牲口都钻进园子里去了,他却在捉鱼!……这个浴棚什么时候才能造好,这些魔鬼?你们已经干了两天,可是你们干出来的活儿在哪儿?"

"就……就要造好了……"盖拉西木喘着气说,"夏季长得很,老爷,往后你有的是工夫洗澡。……呸。……我们在这儿怎么也降伏不住这条江鳕。……它藏在死树根底下,好像钻进了洞里似的:摸都摸不着它。……"

美 人 集

"有一条江鳕?"地主问道,眼睛顿时亮起来,"你们快把它拉出来!"

"那你就赏给我们半个卢布吧。……要是我们给你出了力的话。……这条江鳕个头大得很,就像老板娘。……出半个卢布值得,老爷……也算我们没白费劲。……你别揉搓它,留比木,你别捏住它,要不然你就把它弄死了!你从底下往上托!你呢,把死树根往上拽,好人……你叫什么名字来着?往上拽,不要往下拽,恶鬼!你别摆动你那两条腿啊!"

五分钟过去,十分钟过去了。……地主再也忍不住了。

"瓦西里!"他往庄园那边扭过身去,叫道,"瓦西里!你们去把瓦西里叫到我这儿来!"

马车夫瓦西里跑来了。他嘴里不知嚼着什么东西,呼呼地喘气。

"你下河去,"地主吩咐他说,"你帮他们把江鳕拽上来!……那条江鳕他们拽不上来!"

瓦西里很快地脱掉衣服,走到水里。

"我马上就拽出来……"他叽叽咕咕说,"江鳕在哪儿?我马上就拽出来。……一眨眼的工夫我就捉住它!你该走开,叶菲木!你是老年人,用不着待在这儿多管闲事!江鳕在哪儿?我马上就把它捞上来。……原来它在这儿!你们放手!"

"干什么放手!一放手还了得!你拽呀!"

"可是这么拽,难道能拽上来?应当揪住它的脑袋!"

"可是它的脑袋在死树根底下!谁都看得出来,你这傻瓜!"

"喂,你别骂街,不然要叫你倒霉!混蛋!"

"当着东家老爷的面说出这种话来……"叶菲木嘟哝说,"你们拽不上来,伙计们!它在那儿藏得太妙了!"

"你们等一下,我马上就来……"地主说,开始匆匆地脱衣服,"你们这四个都是笨蛋,连一条江鳕也拽不出来!"

安德烈·安德烈伊奇脱掉衣服,让身子凉一凉,走进水里去。可是就连他来插手,也还是无济于事。

"这个死树根得砍掉!"留比木最后做出决定,"盖拉西木,你去取斧子! 把斧子拿给我!"

"你别把你的手指头砍掉!"地主听见水底下用斧子砍死树根的声音,说道,"叶菲木,你走开! 等一等,我要把江鳕拉出来了。……你们不要那个……碍事。……"

死树根砍松了,略为断开一点。使安德烈·安德烈伊奇大为高兴的是,他觉得他的手指头伸到江鳕的鳃里去了。

"我就要拽出来了,伙计们! 你们别挤……站住……我要拽出来了!"

水面上出现了江鳕的大脑袋,随后就出现了它乌黑的身子,有一俄尺长。江鳕沉重地摆动尾巴,极力要挣脱身子。

"不行啊。……别妄想,老兄。你给抓住了吧?哈哈!"

大家的脸上都洋溢着甜蜜的笑容。在沉默的观赏中过了一分钟。

"好大的一条江鳕!"叶菲木嘟哝说,在他的锁骨底下搔了搔,"大概有十斤①重哩。……"

"嗯,是啊……"地主同意说,"它的肝脏一个劲儿胀大。它简直要从肚子里钻出来了。啊……呀!"

冷不防,那条江鳕突然做了个急剧的动作,把尾巴往上一翘,捕鱼人听见水声四溅。……大家都张开胳膊,可是已经迟了,那条江鳕已经逃之夭夭了。

---

① 此处指俄斤,旧俄重量单位,1 俄斤等于 0.41 公斤,约合我国 0.82 市斤。

识别上方二维码
免费收听契诃夫小说精彩片段